中国文化知识读本

Zhongguo Wenhua
Zhishi Duben

志人小说与《世说新语》

主编 金开诚

编著 蒋肖云

吉林出版集团有限责任公司

吉林文史出版社

图书在版编目（CIP）数据

志人小说与《世说新语》/ 蒋肖云编著 . 一长春：
吉林出版集团有限责任公司：吉林文史出版社，2009.12（2022.1重印）
（中国文化知识读本）
ISBN 978-7-5463-1962-9

Ⅰ.①志… Ⅱ.①蒋… Ⅲ.①话本小说－文学欣赏－
中国－古代②笔记小说－文学欣赏－中国－古代 Ⅳ.
① I207.41

中国版本图书馆 CIP 数据核字（2009）第 236923 号

志人小说与《世说新语》

ZHIREN XIAOSHUO YU SHISHUO XINYU

主编/ 金开诚 编著/蒋肖云

责任编辑/曹恒 于涉 责任校对/王文亮

装帧设计/曹恒 摄影/金诚 图片整理/董昕瑜

出版发行/吉林文史出版社 吉林出版集团有限责任公司

地址/长春市人民大街4646号 邮编/130021

电话/0431-86037503 传真/0431-86037589

印刷 / 三河市金兆印刷装订有限公司

版次/2009 年 12 月第 1 版 2022 年 1 月第 4 次印刷

开本/ 650mm×960mm 1/16

印张/8 字数/30千

书号/ ISBN 978-7-5463-1962-9

定价/34.80元

关于《中国文化知识读本》

　　文化是一种社会现象，是人类物质文明和精神文明有机融合的产物；同时又是一种历史现象，是社会的历史沉积。当今世界，随着经济全球化进程的加快，人们也越来越重视本民族的文化。我们只有加强对本民族文化的继承和创新，才能更好地弘扬民族精神，增强民族凝聚力。历史经验告诉我们，任何一个民族要想屹立于世界民族之林，必须具有自尊、自信、自强的民族意识。文化是维系一个民族生存和发展的强大动力。一个民族的存在依赖文化，文化的解体就是一个民族的消亡。

　　随着我国综合国力的日益强大，广大民众对重塑民族自尊心和自豪感的愿望日益迫切。作为民族大家庭中的一员，将源远流长、博大精深的中国文化继承并传播给广大群众，特别是青年一代，是我们出版人义不容辞的责任。

　　《中国文化知识读本》是由吉林出版集团有限责任公司和吉林文史出版社组织国内知名专家学者编写的一套旨在传播中华五千年优秀传统文化，提高全民文化修养的大型知识读本。该书在深入挖掘和整理中华优秀传统文化成果的同时，结合社会发展，注入了时代精神。书中优美生动的文字、简明通俗的语言、图文并茂的形式，把中国文化中的物态文化、制度文化、行为文化、精神文化等知识要点全面展示给读者。点点滴滴的文化知识仿佛颗颗繁星，组成了灿烂辉煌的中国文化的天穹。

　　希望本书能为弘扬中华五千年优秀传统文化、增强各民族团结、构建社会主义和谐社会尽一份绵薄之力，也坚信我们的中华民族一定能够早日实现伟大复兴！

目录

一 志人小说与《世说新语》

魏晋南北朝时期，政治动荡，战事不断，许多文人隐居山林，纵情山水

魏晋南北朝时期，全国长期处于分裂，政权更迭频繁，战争连年，社会动荡不安，人们的生命朝不保夕。由于政权更迭频繁，统治集团之间常常发生争夺权力的斗争，朝中时刻充满着杀气。许多文人也因此莫名其妙地被卷入政治斗争而遭到杀戮，如孔融、杨修、祢衡、嵇康、陆机、陆云、潘岳、谢灵运、鲍照、王融、谢朓等，还有一些死于战乱之中，如王浚、刘琨、卢谌等。

在这种形势下，当时的许多文人都采取了逃避现实的消极态度，他们隐居山林、纵情山水、不务世事。同时，面对无情的杀戮、战争及脆弱的生命，人们的思想意识也发生了巨大的变化，他们对宇宙、社会、生命、人生等方面的问题进行了新的思考，特别是对自身的价值有了新的看法，这就是"自我意识的觉醒"。自我意识的觉醒使得许多文人名士冲破儒家传统礼教的束缚，随心所欲、纵情任性，他们或行为狂放，或言语机趣，或崇尚清谈，形成了著名的"魏晋风度"。

　　清谈在魏晋时期曾风行一时。"清谈"是相对于俗事之谈而言的，也叫"清言"。当时，文人名士们把见面即谈如何治理国家、

面对残酷的现实和动荡的时局，文人雅士们对宇宙人生等问题有了新的思考和认识

志人小说与《世说新语》

被记录下来的行为风尚、琐闻逸事成为后来的"志人小说"

如何强兵富民、何人政绩显著等谈话贬讥为俗事之谈，他们专谈老庄、周易、佛道玄理、逸闻趣事，及品评人物等。在当时人们把这种言谈称为"清言"。当时清谈之风非常盛行，人们尤其是文人名士的言谈举止、行为风尚、琐闻逸事也成为他们谈论的内容。这时，就有人把那些人物的言行事迹记述下来了，也就有了我们今天所说的"志人小说"。顾名思义，志人小说就是指魏晋南北朝时期那些记述人物言行事迹的小说。因为它主要是记录人物的逸闻琐事，所以又称"逸事小说"。

当时，人们纷纷效仿这种"风度"，

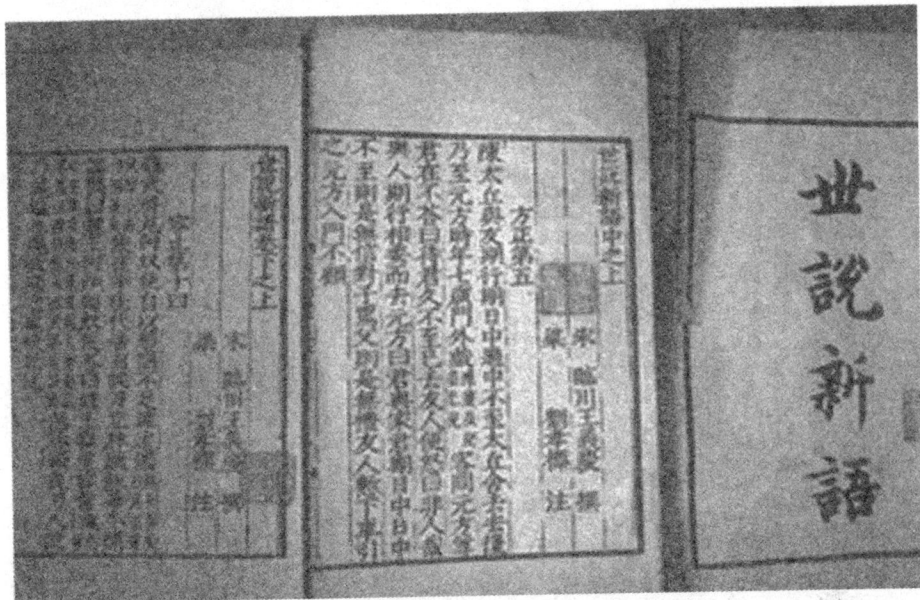

繁多的志人小说中，《世说新语》的影响最大

清谈之风也大为盛行，所以相应地，志人小说的品类也非常繁多，可惜的是今天流传下来的很少，按其内容分的话可以简单分为三类：一类是笑话，代表作是邯郸淳的《笑林》，这是我国第一部笑话集。一类是野史，代表作是东晋人葛洪伪托刘歆所作的《西京杂记》和殷芸的《小说》。另一类就是逸闻逸事，这是志人小说的主要部分，代表作有裴启的《语林》、郭澄之的《郭子》、刘义庆的《世说新语》等，其中《世说新语》是成就和影响最大的一部。

《世说新语》是怎样的一本书呢？它是南北朝时期（420—581年）的一部主要记述汉末至东晋之间的著名人物的言谈逸事的小

说书。据说，这本书是由刘宋宗室的临川王刘义庆组织一批文人编写的，后来梁朝的刘峻（字孝标）给它作了注释。《世说新语》原名叫《世说》，唐朝时叫《世说新书》；后来为了区别汉代刘向所写的同名书，才改名为《世说新语》。

《世说新语》或描写人物的道德修养，或描写日常生活，内容十分广泛

《世说新语》原本有八卷，刘孝标注本分为十卷，今传本皆作三卷、三十六门。前四门为《德行》《言语》《政事》《文学》，是取材于孔门四科，三十六门略依"由褒到贬"的顺序排列。每个门类中的各条又大致按时代先后顺序排列。各门类内容数量不一，多的达一百五十六条，少的只有两条。书中记述的文人名士的言谈逸事，主要以晋代为主；所谈及的人物，上自帝王将相，下至士庶僧侣；内容或描写魏晋名士的道德修养、才能禀赋，或描写人物的情感性格、日常生活及人际关系，语言既简洁又幽默风趣。

魏晋时期的小说和今天我们所说的小说不太一样，它特别强调真实性。所以《世说新语》虽有一些故事是虚构的，还有个别事实不尽确切，但可以肯定的是这本小说书含有大量的事实。尽管如

《世说新语》浓缩展示了魏晋时代的政治、社会风貌

此，它还是一本小说书，而不是一本历史书，也不完全是一般的人物传记。《世说新语》以简约的文字，以清丽、简洁的短文形式作了画龙点睛式的描绘，展现了魏晋时代知识分子的种种风貌，是魏晋时代政治、社会与人文的缩影，而且此书还保存了社会、政治、思想、文学、语言等方面的史料，价值很高。因此自问世以来，便受到了文人的喜爱和重视，后世戏剧、小说如关汉卿的杂剧《玉镜台》、罗贯中的《三国演义》等也常常从中寻找素材。

志人小说与《世说新语》

二　刘义庆其人与《世说新语》

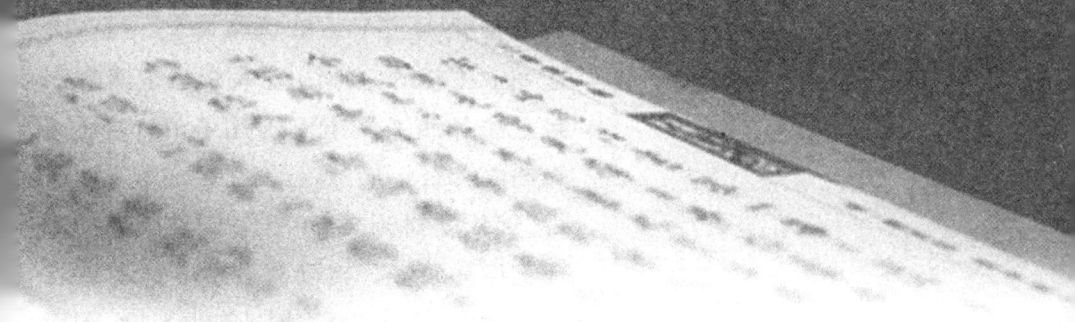

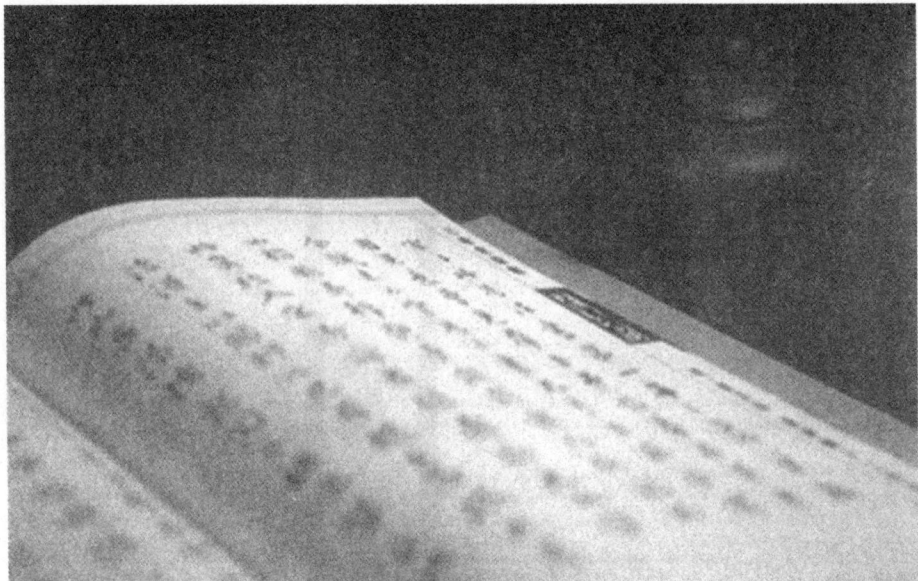

刘义庆自幼爱好文学，聪敏过人

我们知道《世说新语》的编著者是刘义庆，那么他是一个什么样的人呢？据史书记载，刘义庆是南朝宋彭城人，也就是今天的江苏徐州人，他生于东晋安帝司马德宗元兴二年（403年），卒于宋文帝刘义隆元嘉二十一年（444年）。刘义庆是刘宋王朝的宗室，他本来是宋武帝刘裕之弟长沙王刘道怜的儿子，13岁时被封为南郡公，后过继给叔父临川王刘道规，因此袭封为"临川王"。刘义庆身为武帝刘裕的堂侄，自幼喜好文学、聪敏过人，是刘宋诸王中颇为出色的人物，因而深得宋武帝、宋文帝的信任，一生历任要职。

但刘义庆本人却并不喜欢政治，一方

面是因为他为人"性简洁，寡嗜欲"。据说，刘义庆每次上任或者离任时，地方迎送的官员都会送一些财物给他，他一概不收。他还是一个心胸宽广、知才爱才的人，经常尽心竭力地为朝廷举荐真正有用的人才。另一方面原因就是他厌恶政治生活中的明争暗斗，不愿意卷入刘宋皇室复杂的权力斗争之中。据说刘义庆年轻时还擅长骑马，但刘宋皇帝猜忌心很重，连骑马都容易被视为政治上抱有野心，刘义庆怕引起猜忌不得不放弃这个爱好。武帝刘裕死后，为了争夺王位，刘宋宗室骨肉相残、同室操戈的血腥事件不断发生。刘义庆为避免卷入这场政治风暴，于是请求外放，远离京师，以逃避险恶的政治圈。此后他便寄情文学，将毕生的精力用于文章的著述和编撰上。《世说新语》就是他的一个重要的成就。

在复杂的政治环境中，刘义庆不得不放弃骑马的爱好

但是，《世说新语》并不是刘义庆一个人编著的。当时，刘义庆门下聚集了不少文人学士，于是他把这些文士组织起来，搜集前汉到南朝间真实人物的许多逸话，编成了该书，这就是《世说新语》八卷。后来刘孝标为《世说新语》作注，分全书为十卷，北宋晏殊删订旧本，成《世说新语》

刘义庆其人与《世说新语》

《世说新语》撰成后，刘义庆就因病
离开了扬州

三卷三十六篇。尽管不是刘义庆一个人编著的，但是在成书的过程中，刘义庆倡导和主持了编纂工作，起了至关重要的作用。

《世说新语》一书刚刚撰成，刘义庆就因病离开了扬州，回到京城不久便去世了，时年仅 41 岁。

志人小说与《世说新语》

三

《世说新语》中的名士风貌

魏晋士人十分重感情，追求真情实意

（一）名士的情感——"情之所钟，正在我辈"

美学家宗白华说汉末魏晋六朝是"最浓于热情的一个时代"。这一点在《世说新语》所记载的士人身上得到了淋漓尽致的体现。《世说新语》记载，竹林七贤中有一个名士叫做王戎。他在儿子去世的时候曾说过一句话，"圣人忘情，最下不及情，情之所钟，正在我辈"。意思是说圣人不涉情，最下层之人顾不上有情，能情有所钟的，只是我这样的人。"情之所钟，正在我辈"可谓就是魏晋士人情感的宣言。他们在情感上追求真心实意，只要是发自

西晋时期文物青瓷骑俑

内心的，违背了礼教也在所不惜；而如果不是发自内心，哪怕是约定成俗的礼节也决不遵从。如果细读《世说新语》，就会深切地感受到魏晋士人们在骨肉亲情、朋友之情、男女爱情、生命悲情和对大自然的眷恋之情上所倾注的深沉、真诚、率真的感情。

1. 骨肉亲情

骨肉亲情无论在哪个年代都是人们最为看重的。魏晋时期，人的生命常因统治者的杀戮而"朝不保夕"，因此人们对亲情更是异常珍惜、重视。《世说新语·伤逝》记载：

顾雍的儿子顾劭是豫章太守。顾劭在豫章去世的时候，顾雍正兴味盎然地和部属们一块儿下棋，仆人禀告豫章的信使到了，顾雍没有看到儿子的书信。虽然当时神情未变，但心里已经明白怎么回事了。他的指甲掐进了手掌，血流出来，染到了坐垫上。可见其内心的丧子之痛是多么的沉重，但他并没有表现出来。不同于他人的是，顾雍还悟到了"死者安息，生者坚强"的道理。在宾客们散去后，顾雍叹息道："我虽然没有延陵季札失去儿子时那么旷达，可我也不能像子夏那样，因为丧子而失明，那样就会招来人们的指责。"于是愁容散去，神色恢复镇定。

同样承受过失子之痛的还有王戎。《世

顾雍的丧子之痛被描写得真切感人、淋漓尽致

志人小说与《世说新语》

说新语·伤逝》记载王戎的儿子万子（王绥）死了，王戎悲痛得不能自已。他的朋友山简去探望并对他说："孩子岁数并不大，你何必这么悲伤？"王戎说："圣人忘情，最底层的下人不懂感情。能够钟情的人，正是我们啊。"山简被他的话打动，也跟着悲伤起来。

《世说新语·伤逝》还记载了兄弟间的情谊。王子猷、王子敬是兄弟，他们的感情非常深厚。有一次，两个人都病得很重。有个法师来到他们跟前，王子猷哭着求法师说自己的才能地位都不如弟弟，请求法师让自己代替弟弟去死。用自己的"死"换取弟弟的

《世说新语》中还记录了兄弟之间珍贵的手足情意

《世说新语》中的名士风貌

017

哥哥子猷悲伤地将琴扔在地上，痛哭许久

"生"，可见子猷、子敬兄弟间的情谊何等深切真诚。可惜法师回天乏术，最终子敬还是先于哥哥子猷去世了。子敬去世的事，子猷并不知道。子猷因为看不到子敬，于是就问手下的人说："为什么总听不到（子敬的）消息？这（一定）是他已经死了。"说话时并不悲伤，只是要轿子来去看望丧事，他一路上也没有哭。子敬一向喜欢弹琴，子猷一直走进去坐在灵床上，拿过子敬的琴来弹，几根弦的声音已经不协调了，子猷把琴扔在地上说："子敬啊，子敬啊，你人和琴都死了。"于是痛哭了很久，几乎要昏过去了。过了一个多月，（子猷）

周侯和叔治喝酒聊天，分别之时也忍不住落下了眼泪

也死了。哥哥王子猷的原名叫做王徽之，弟弟王子敬的原名叫做王献之，他们都是鼎鼎有名的大书法家王羲之的儿子。后人从这个小故事衍生了"人琴俱亡"的成语。现在这个成语常被人们用来比喻对知己、亲友去世的悼念之情。

表现兄弟情深的还有周叔治、周侯、周仲治三人的故事。周叔治要去晋陵当太守了，周侯、周仲治两人去送别，叔治因为即将与哥哥分别，哭泣不已。仲治生气道："你这个人怎么像个妇人，和人分别，只会哭哭啼啼。"随即丢下他就走了。周侯独自留在这里，和叔治喝酒聊天，分手时又轮到周侯流

魏晋人士重友情，常用各种方法来表达对朋友的真挚情意

下了眼泪，他还抚着弟弟的背说："你要好好保重。"因为分别而流泪不已，三人的兄弟情谊之深由此可见。

2. 朋友之情

魏晋士人非常重视朋友间的情义，他们常常用各种各样的方式来表达自己对朋友的情义。比如《世说新语》就记载了荀巨伯为友舍命的感人故事：

荀巨伯从远方来探视生病的朋友，恰逢胡贼围攻这座城池。朋友对荀巨伯说："我现在快要死了，您可以赶快离开。"荀巨伯回答道："我远道而来看望您，您让我离开，败坏道义而求生，哪里是我荀巨伯的做法！"贼兵已经闯了进来，对荀巨伯说："大军一到，全城之人都逃避一空，你是什么人，竟然独自留下来？"荀巨伯说："朋友有重病，我不忍心丢下他，宁愿用我的身躯替代朋友的性命。"贼兵相互转告说："我们这些没有道义的人，却闯入了有道义的国土！"便撤退回去。全城人的生命财产都得到了保全。

荀巨伯为朋友舍命的义举，不仅保全了自己和朋友，还保全了全城人的生

失去挚友的支道林心中情思郁结、意志消沉

命财产，真是大义之举。除了为朋友舍命，《世说新语》还记载了一个因为朋友去世而忧伤过度追随朋友而死的人，他就是支道林。

法虔是支道林的好朋友。法虔死后，支道林（支遁）意志消沉，精神越来越颓废。他常对人说："从前匠人石在郢人去世后就不再使斧子了，余伯牙在钟子期去世后就不再奏琴了，由己推人，实在不假啊。知音已经离去，说的话再也没有人能够欣赏，心中情思郁结，我也快死了！"过了一年，支道林也去世了。这样的友谊真是令人感动不已。

《世说新语》还记载了一些魏晋士人表

达对朋友的友情时所采取的令人捧腹大笑的方式。如大名鼎鼎的文豪王粲非常喜欢驴叫,他模仿驴叫惟妙惟肖。后来王粲在随曹操征讨孙吴的征战过程中病死了。下葬的时候,曹操的大儿子曹丕亲自去送葬。为了寄托对王粲的眷恋之情,曹丕对王粲生前好友们说:"王粲一生喜好驴叫,大家各学一声驴叫来满足王粲生前的愿望。"于是,众人齐声学驴叫,以祭奠王粲。虽然今天大家看来,那场面比较滑稽,但在当时确有士人喜欢驴叫之事,而且不止一人,学驴叫来送别朋友的也不止一人,《世说新语》记载说:

孙子荆(孙楚)恃才傲物,很少有他

《世说新语》中记载了王粲喜欢驴叫的趣事

志人小说与《世说新语》

看得起的人，唯独敬重王武子（王济）。王武子去世后，名士们都来吊唁。孙子荆后到，抚尸痛哭，客人们也受感染跟着流泪。孙子荆哭罢，对着灵床说："你一直喜欢我学驴叫，今天我学给你听。"他叫的声音和真的一样，客人们都笑了。孙子荆抬起头来说道："让你们这些人活着,却让这样的人死了！"

管宁和华歆一起在园中锄菜，发现金子后，二人的态度迥然不同

魏晋士人对友情的看重，还表现在他们对朋友的选择上。如《世说新语》记载：管宁和华歆本来是一对朋友。有一次，管宁和华歆一起在园子里锄菜，发现地上有一块金子，管宁继续挥着锄头干活，视其与瓦石没有什么分别。华歆却拾起来又把它扔掉了。

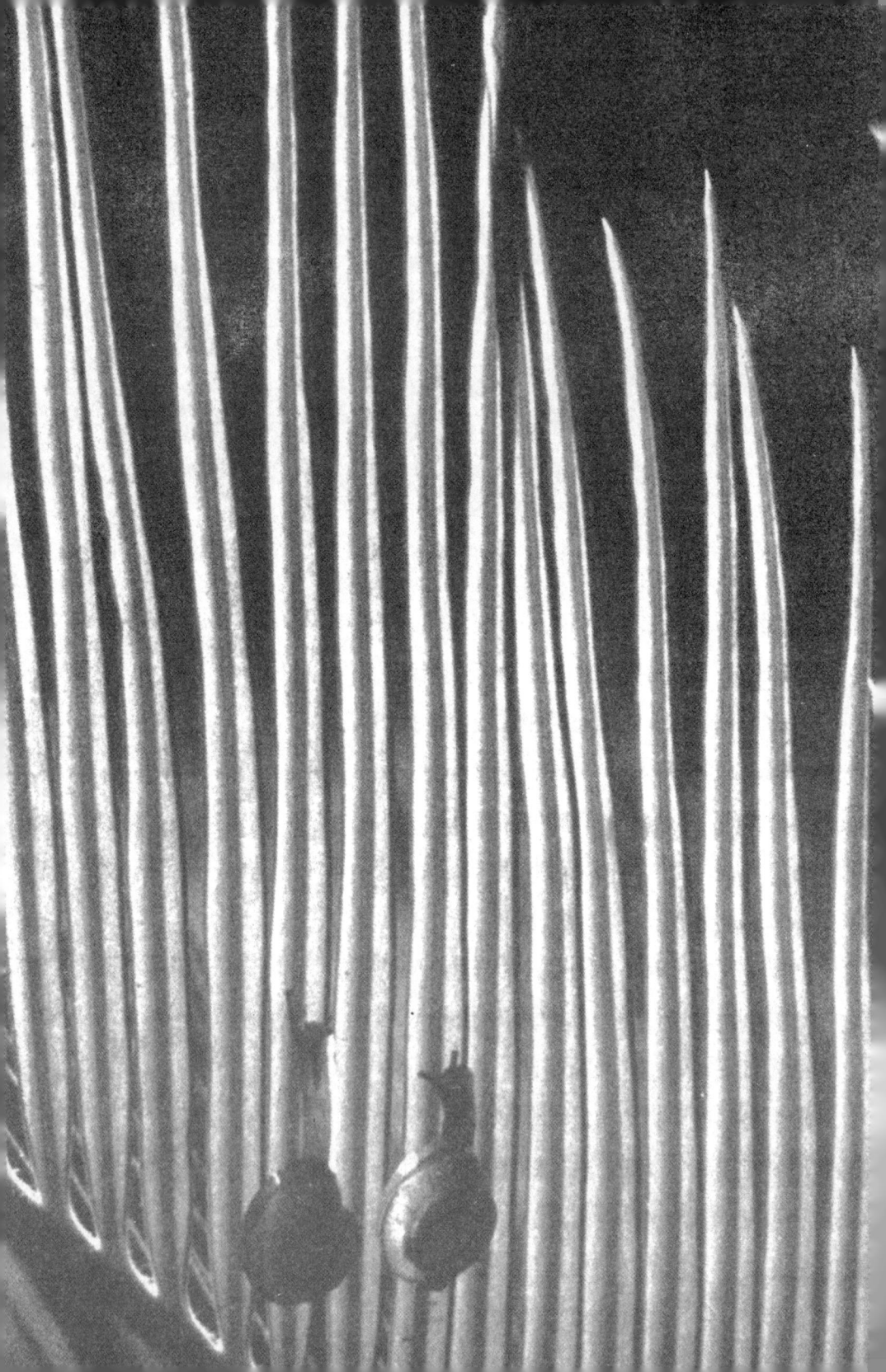

又有一次两人同席读书，有一个人乘着华贵的车舆过去了。管宁神色不动，读书如常。华歆却丢下书跑出去看。管宁就把席子割开与他分席而坐。说："你不是我的朋友。"管宁觉得华歆贪财、好声色，不是读书的好伙伴，也不是志同道合之人，所以毅然拒绝和他做朋友。

这个故事流传下来就成了我们今天常讲的"割席而坐"的故事。由此可见，魏晋士人表达对朋友的感情，方式是多种多样的，但是却有一个共同的特点，那就是"真"，不虚情假意。

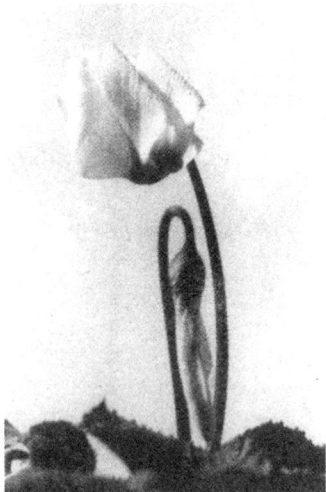

《世说新语》中记载了许多勇敢执着的男女爱情故事

3. 男女爱情

中国古代约束男女关系的礼教很多，所以人们在男女感情方面不仅不像现在这样平等开放，还十分压抑。但在魏晋时期，士人们蔑视礼教，追求自我的无拘无束，在男女的感情上也显得相对开放。《世说新语》就记载不少男女在爱情生活中敢于冲击传统的礼教，敢于主动追求自己的爱情，追求平等开放的故事，甚至还记载了再婚、诈婚的现象。

敢于冲击传统男女间的礼节最有名的莫过于竹林七贤之一的名士阮籍了。我们都知道古人常说"男女授受不亲""叔嫂不相问"，但是这些戒律对阮籍根本没有约束力。《世说新语》中记载阮籍的嫂子回家去，他大大方方地与她道别，旁人看见了便讥笑他，他反问道："礼岂为我辈设也？"这用今天的话来说就是："我阮籍是什么人？礼教是为了我们这样的人设的吗？"阮籍公然挑衅礼教，在当时一些严格恪守礼教之道的人看来简直是大逆不道，但阮籍从来没有收敛自己，依旧我行我素。《世说新语》还记载，有家酒铺里卖酒的女人长得很漂亮。阮籍和王安丰（王戎），经常到女人这里喝酒，阮籍喝醉后，就在女人的身边睡着了。女人的丈夫开始还怀疑阮籍有不

阮籍和王戎经常光顾卖酒女的酒铺，引起了女人丈夫的怀疑

志人小说与《世说新语》

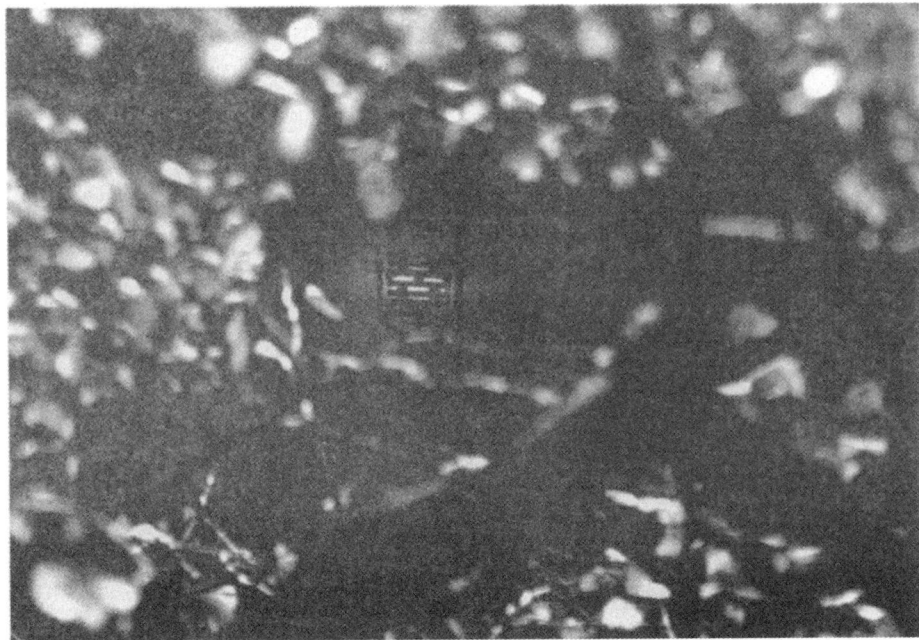

轨举动，就伺机观察，结果发现阮籍并没有 王戎与妻子不受礼法束缚，十分恩爱

什么企图。

　　说到王戎，《世说新语》也记载了他和他妻子之间的一件趣事儿。据说王戎的妻子常常主动跟王戎亲热，王戎开始认为这样做不符合礼法，让他妻子别这样。他的妻子于是说了一句："亲卿爱卿，是以卿卿；我不卿卿，谁当卿卿？"意思是说："亲你爱你，因此用'卿'称呼你。如果我不用'卿'称呼你，谁还能用'卿'称呼你？"王戎听了就听从了妻子的话，而不再以礼法来阻止妻子。王戎是竹林七贤之一，他的妻子喜欢他，并直接以卿呼之。在当时，卿可是上对下的

荀粲对妻子的一片痴情感人至深

称谓，妻子这样称呼丈夫，似有不敬之嫌。洒脱的王戎向妻子提出了自己的看法。妻子机巧地反驳，让王戎也听从了她的话。后来这个故事就传开了，"卿卿我我"也跟着流传开来。

说到夫妻间的感情，最令人感动的莫过于"荀粲救妻"的故事了。荀粲的妻子高烧不退，无药能救，荀粲心急之下就赤身跑到院子里，让隆冬的风雪冻冷自己的身子，然后抱着妻子用自己的体温为她降温。但是，年轻的妻子最终还是去世了，不久荀粲也在悲凉中死去，这段情谊却流传开来，成为世人的笑柄。尽管这个事情被世人所讥笑，但荀粲对妻子的感情至深也感动了不少人。

古人在婚姻上讲究"父母之命，媒妁之言"，但魏晋不少士人似乎不太讲究这些，他们总是敢于大胆地追求自己所爱。《世说新语》就记载一则男子设计娶心爱女子的故事。故事的女主人公，是诸葛令（诸葛恢）的女儿，是庾家的媳妇，她贤淑刚强，守寡后发誓永不再嫁。男主人公叫做江思玄（江彪）。他得知女子守寡后就向她求婚，但被拒绝了。为了说服女儿，诸葛恢和江思玄两人就想了一个办法。诸葛恢先把家搬到江家附近，骗女儿说："应该把家搬到这里。"

诸葛恢搬家到江家附近后，便将女儿独自留在家中

《世说新语》中的名士风貌

对面床上的女子见江彪呼吸急促，连忙叫来婢女叫醒江郎

搬到那后，家里人就一起走了，只留下女儿在后头。等她察觉，已经出不来了。江彪晚上过来，女子又哭又骂，过了好几天才渐渐平息下来。江彪夜里进来睡觉，女子总在对面的床上。后来江彪见她情绪逐渐平静了，就假装做噩梦，很久不醒，声音气息也越来越急促。女子就叫来婢女说："快把江郎叫醒！"江彪于是跳起来，凑到她身边说："我自是天下男子，说梦话与你有什么关系，还把我叫醒！既然你关心我，就不能不和我说话！"女子默然无语，心里感到羞愧，从此两人的感情越来越好了。

类似的还有"温公续弦"的故事。温公就是名士温峤。他的堂姑刘氏，遭遇战

温公以玉镜台做聘礼，娶了堂姑的女儿

乱和家人失散了，只剩下一个美丽聪慧的女儿，于是堂姑嘱咐温公给女儿寻门亲事。当时，温峤妻子死了，他私下已有自己娶堂姑女儿的意思，但是不好直接说，于是就假装问道："好女婿实在难找，如果是像我这样的怎么样？"堂姑说："遭遇战乱能侥幸生存，只想再稀里糊涂地活下去，就足以告慰我的后半生了，哪里敢奢望你这样的人呢？"事后没几天，温公报告堂姑说："已经找到人家了，门第还算可以，女婿的名声职位都不比我差。"随即送了一个玉镜台作为聘礼，堂姑非常高兴。结婚时行了交拜礼后，新娘用手拨开婚纱，看到是温峤，拍手大笑说："我本来就怀疑是你这老东西，果然不出我所料！"那玉镜台正是温公担任刘越石（刘琨）的长史时，北征刘聪的战利品。

江思玄、温峤两人在追求自己所爱时都略施了计谋，但名士阮咸的做法则更直接、搞笑。

据说阮咸（阮仲容）早就喜欢姑姑家的一名鲜卑婢女了。在为母亲服丧期间，姑姑家要迁到一个很远的地方去，她们开始说要把这个婢女留下来，可临走时还是将她带走了。得到消息后，可把阮咸急坏了，向客人借了头驴，穿着丧服就撵那个婢女去了。追上之后，两个人一块儿骑着驴回

阮咸得到消息后，借了驴追上了婢女

志人小说与《世说新语》

来了。阮咸还幽默地说道："我的种不能没了！"这个婢女就是后来阮遥集（阮孚）的母亲。

通常人们都认为在古代社会男权至上，因此大家也就觉得如果在婚姻上存在欺骗，也只有男人欺骗女人的分儿。这倒未必，《世说新语》就记载了这么一则男人被骗婚的故事。

那个倒霉的男人，就是王文度（王坦之）的弟弟阿智（王处之），据说他非常顽劣，以致已经成人了还没人愿意嫁给他。孙兴公（孙绰）有一个闺女，因为性格古怪，没有出嫁。孙兴公因此去找王文度，要求见见阿

男权社会里也有男人被骗婚的稀罕事

《世说新语》中的名士风貌

智。见了以后，孙兴公就撒谎道："阿智挺不错的，和别人传言的完全不一样，怎么会至今还没结婚呢？我有一个闺女，各方面也挺好，不过我出身寒门，不配和你说这件事，我想让阿智娶我的女儿。"王文度乐滋滋地就去禀告父亲王蓝田(王述)："刚才孙兴公来过，他想让自己的女儿嫁给阿智。"王蓝田听了又惊又喜，连忙给儿子办了婚事。可成婚之后，就发现女子愚蠢蛮横，比阿智有过之而无不及。王家的人这才明白被孙兴公骗了。

4. 生命悲情

汉末魏晋时代是中国历史上最有名的

魏晋时代，政坛动荡，人心惶惶

志人小说与《世说新语》

许多党人惨遭迫害，被禁锢终身

乱世，"党锢之祸"、曹魏代汉、司马氏夺权，这一系列政坛上的腥风血雨让士人时刻处于恐怖与死亡的威胁之中。

"党锢之祸"是指什么呢？东汉中叶以后，外戚与宦官的争权夺利越来越激烈。桓帝时期，以李膺、陈蕃为首的官僚集团，与以郭泰为首的太学生联合起来，结成朋党，猛烈抨击宦官的黑暗统治。宦官依靠皇权，两次向党人发动大规模的残酷迫害活动，并最终使大部分党人禁锢终身，也就是一辈子都不许做官，这就是历史上的"党锢之祸"。

"曹魏代汉"是发生在东汉末年的历史事件。东汉末年，地方豪强势力增强，纷纷起兵割据自立，全国陷入了内战的混乱之中。

赤壁会战中，曹操大败

经过连年的混战，曹操的军事集团最终控制了中原地区。而后，曹操挟天子以令诸侯，并在官渡之战中大败袁绍，成为北方最强的军事集团，东汉王朝名存实亡。建安十三年（208年），曹军南下，占荆州，与在长江中下游的孙权对垒。曹操想顺江而下，收取江东，于是孙、曹大军在赤壁会战。曹操大败，退回北方，刘备得以占据荆州，后入成都。从此，曹、孙、刘三大势力成鼎足之势。汉献帝曾以冀州十郡封曹操为"魏公"，后又封爵为"魏王"。曹操死后，他的儿子曹丕取代汉献帝，建国号"魏"，以其皇室姓曹，历史上又称"曹魏"。这就是曹魏代汉的事件。曹魏代汉的同时，刘备也在成都称帝，国号"汉"（一般称蜀或蜀汉），过了几年，吴王孙权在建业称帝，国号吴，历史上著名的"三国分立"时代正式开始。

曹魏末年，司马懿杀了大将军曹爽，夺取了朝廷的大权。司马懿去世后，司马昭派兵灭了蜀汉。司马炎夺取了帝位后，又派兵灭了孙吴，结束了三国鼎立的局面，这就是司马氏夺权事件。

这一历史时段，战争不断、社会凄凉恐怖，诗人王粲形容说："出门无所见，白骨蔽平原。"曹操也形容说："白骨露于野，千里无鸡鸣。"不仅士兵，诸多名士如何晏、夏侯玄、吕安、嵇康、陆机、陆云、潘岳、刘琨、郭璞等皆死于残酷的政治斗争。《世说新语》还记载了一些令人发指的随意杀人事件。如魏文帝当着自己母亲的面毒杀亲弟弟，石崇只因侍女劝酒不力、客人不喝酒就残杀侍女等。正因为如此，生命无常，朝不保夕，成为士人最深刻的感受。正是这种惨象使得魏晋人有一种深沉的生命悲情，即他们对朝不保夕的生命有一种无限怜惜和同情的悲凉之

曹魏末年，战事连年，哀鸿遍野

《世说新语》中的名士风貌

情。

《世说新语》记载，有一次，阮籍听说隔壁有一未嫁之女因病夭折，竟也不顾世人议论，跑到灵前大哭一场，哭完就回家去了。

阮籍如果不是出于对这个年轻的生命的痛惜，他是不会这样做的。阮籍为年轻早夭的生命痛哭，谢安则为受到责罚的老人求情。事情是这样的：谢奕做剡县县令的时候，有一个老头儿犯了法，谢奕就罚他喝醇酒，以至醉得很厉害，却还不停罚。谢安当时只有七八岁，穿一条蓝布裤，在他哥哥膝上坐着，劝告说："哥哥，老人

阮籍为年轻早夭的生命痛哭

志人小说与《世说新语》

家多么可怜，怎么可以做这种事！"谢奕脸色立刻缓和下来，问道："你要把他放走吗？"于是就把那个老人打发走了。

魏晋士人不仅对年轻人、老人表现出一种深切的怜惜、同情之情，就是对陌生的下人，他们也表现出了深切的同情。《世说新语》就记载：

顾荣在洛阳时，应邀赴宴。在宴席上，他发觉烤肉的下人对烤肉垂涎，很想吃几块。于是他拿起自己的那份烤肉，让下人吃。同席的人都耻笑他有失身份。顾荣说："一个人每天都烤肉，怎么能让他连烤肉的滋味都尝不到呢？"后来战乱四起，晋朝南流，每当遇到危难，经常有一个人在顾荣左右保护他，顾荣感激地问他原因，才知道他就是当年那个烤肉的下人。

对人如此，对待动物也是如此。桓温是一位位高权重、戎马一生的武将。有一次，桓温带兵进入川蜀地区，到了三峡，部队中有人抓到一只幼猿崽。那猿崽的母亲沿着长江岸边哀号鸣叫不已，一直追着船队跑了一百多里还不离开，最后终于跳到了船上，可一跳到船上便气绝而死了。人们剖开它的肚子才发现它的肠子都断成

失去幼崽的母猿追随船队跑了一百多里，气绝而亡

《世说新语》中的名士风貌

一寸一寸的了。桓公听说了这件事大怒，命令罢免了那个人。

魏晋时期，由于社会政治混乱，战争不断，从中下层直到皇家贵族，人们的内心充满对生死存亡的重视、哀伤，对人生短促的感慨、喟叹，对脆弱生命的同情、无奈，使得整个时代充满了悲情。

5. 对大自然的眷恋之情

《世说新语》所记载的名士们，不仅对亲情、友情、爱情、生命有一种真挚深沉的感情，还对大自然的名山秀水、河湖林沼、园林亭台等充满了眷恋之情，在他们看来，自然仿佛成为了他们不可缺少的精神需要。

名士们对自然界充满了眷恋之情

志人小说与《世说新语》

士人对大自然的眷恋表现在对自然之物的亲近之情上。如支道林爱马好鹤，王粲、王济好听驴鸣，而王子猷则是不可一日无竹。王子猷是王羲之的儿子，也是一个大书法家。《世说新语·任诞》曾记载他有一次暂时借住别人的空房，随即叫家人种竹子。有人问他："暂时住一下，何必这样麻烦！"王子猷吹口哨并吟唱了好一会，才指着竹子说："怎么可以一天没有这位先生！"王子猷称竹子为先生，俨然把竹子当做了自己的一位朋友，对大自然的亲近之情可见非同一般。

王子猷视竹子为朋友，赋予竹子深厚的感情

《世说新语》中的名士风貌

魏晋士人对大自然的眷恋还表现在对山水的嗜好上。他们观赏山水，寄情山水，常常在风和日丽的日子，在大自然游山玩水，饮酒赋诗。《世说新语》中就记载了大量魏晋名士沉湎于山水的故事，如载阮孚评郭璞诗句"林无静树，川无停流"时说："泓峥萧瑟，实不可言。每读此文，辄觉神超形越。"又如《世说新语·言语》中记载，荀中郎（荀羡）在京口，登上北固山眺望东海，说道："虽然没看到海上三山，就已经令人有了身处云霄、登上仙境的欢乐。如果秦始皇、汉武帝在这里，一定会撩起衣襟，涉水渡海，寻找仙人去了。"类似的还有王

魏晋士人热爱山水，观赏山水，寄情山水

志人小说与《世说新语》

司州至吴兴印渚中看，叹道："非唯使人情开涤，亦觉日月清朗。"

人们称赞李元礼气度不凡，"谡谡如劲松下风"

　　士人对大自然的眷恋还体现在他们把丰富多彩的自然万物看做生命形态的象征，并借助自然景物来体味人的个性气质和人格风度。比如，人们称赞李元礼"谡谡如劲松下风"，王恭"濯濯如春月柳"，司马昱"轩轩如朝霞举"，嵇康"萧萧如松下风，高而徐引"。在这里，士人们拿自然物的美来形容人物的美，将自然美和人格美融合到了一起。这正是源于他们对自然深深的眷恋之情。

　　为什么魏晋时期的士人能够用如此热烈的"深情"来铸造了一个浓情的时代呢？这

《世说新语》中的名士风貌

两汉时期，儒家的礼义严重地钳制了人的本性

是有特殊的历史原因的。两汉时期，汉武帝和董仲舒"罢黜百家，独尊儒术"，用儒家的"礼义"节制人们。由于愈演愈烈，"礼"渐渐成为森严的名教，它严重地钳制了人的自然本性。汉末时期，社会的动荡使这种僵化的礼教力量被削弱了，同时，玄学的兴起和佛教的传入鼓励人们真实、甚至夸张地表达自己的内心世界。这是魏晋士人重"情"的一个原因。另一方面，司马氏代魏，虚伪地主张以"孝"治天下，但司马氏代魏的方式本身就不忠不孝，没有办法，司马氏只能靠暴力政治维持统治。他们通过诛杀士人，告诫天下士人不要再唱反调。这激起士人们无声的反抗，他们不惜拿自己的性命、地位、名誉来抗击虚伪统治阶级假借礼教以维持权位的恶势力。重情、任情便是魏晋名士用以反抗司马氏残酷统治的武器。

（二）名士的性格——"我与我周旋久，宁作我"

"我与我周旋久，宁作我"出自《世说新语·品藻门》。桓温与殷浩年少时就都有名气，常在心里比高低，桓温问殷浩："你比我怎样？"殷浩说："我与我周旋久，宁作我。"这句话的意思是，我自己做了很久的思想斗争，还是宁愿坚持自己的。这句话道出了魏晋士人们的共同性格，就是坚持自己。坚持自己，是魏晋士人自我意识开始觉醒的重要体现。他们在当时那样一个动荡的社会环境里坚持自己独特的生活方式、行为方式，他们重视形貌，崇尚率真的性情和机智幽默的言谈、富有君子品格和大度的雅量，恪守孝道、藐视名教，他们任情率性的行为，掀起了个性解放的浪潮，使得魏晋成为了一个空前绝后的人性解放时代。

1. 注重形貌

魏晋士人大多富有君子的品格和大度的雅量

《世说新语》中的名士风貌

在中国古代，没有任何一个时代像魏晋这样崇尚男子俊美的容貌。《世说新语》曾记载：曹操个子比较矮小。有一次，匈奴派了使者来，礼当曹操接见。但曹操怕自己形体不美被使者取笑，便让崔琰冒充自己，他则拿着刀扮成卫士，站在崔琰的床头。接见之后，曹操派人暗中探听使者的反应。使者说："魏王(指崔琰冒充的"曹操")雅望非常。然床头捉刀人，此乃英雄也。"曹操听得此言，立刻派人将使者追杀于途中。崔琰是何人呢？史书《魏志》记载崔琰"声姿高畅，眉目疏朗，须长四尺，甚有威重"。虽然这个故事重在表现曹操的慑人气质，但是从他怕自己不美被取笑，

曹操十分注重自己的相貌

志人小说与《世说新语》

令美男子崔琰冒充自己去接见匈奴使者 魏明帝在夏天以热汤面来探何晏是否搽了粉
的故事，可以推见当时人们对外貌的重
视。

魏晋士人对自己的容貌不是一般的
重视，为了使自己看起来更漂亮，他们
甚至在脸上傅粉。《世说新语》曾记载：

何平叔（何晏）容貌俊美，脸很白。
魏明帝（曹叡）怀疑他搽了粉，当时正
是夏季，给他热汤面吃。何晏吃完后，
大汗淋漓，就用自己的红色公服擦脸，
脸色更加洁白。何晏不仅是一个才思敏
捷的士林领袖，还是姿容美丽的美男子，
倾倒了当时一批年轻人。因为他看起来

名士们喜欢用自然美丽的事物来形容一个人

很白，以致魏明帝（曹叡）以热汤试探他。

当时何晏是否施粉不得而知，不过按照史书《魏志》的记载，何晏是粉盒须臾不离手的。其实这在魏晋的时候是不足为怪的。因为魏晋时名士傅粉是很普遍的现象，当时人人以白为美，男人傅粉也就理所当然地成为一种时尚，连出身贵胄、才高八斗的曹植也是这方面的先锋代表。

魏晋时期，士人不仅注重脸容美，还注重形体美和由此而焕发的气质美。在清谈中，名士们经常争相用自然界令人赏心悦目、本身具有自然美的事物形容一个人。

如《世说新语》记载，裴令公（裴楷）

仪表出众，即使脱去礼服，穿着粗质衣服，头发蓬乱也让人觉得很美，当时人们称他为"玉人"。看到他的人说："见到裴叔则，就像在玉山上行走，光彩照人。"

又如，嵇康身高七尺八寸，风采卓异。看到他的人赞叹他说："潇洒端正，爽朗清高。"还有人说："就像松下清风，潇洒清丽，高远绵长。"山公（山涛）说："嵇叔夜就像山崖上的孤松，傲然独立；他醉酒时高大的样子，就像玉山将要崩溃。"还有，海西公（司马奕）在位时，公卿们每次上朝，朝廷里总显得暗淡无光。只有会稽王司马昱到来时，仪态轩昂，就像朝霞冉冉升起。

人们称赞嵇康有如松下清风，潇洒清丽

《世说新语》中的名士风貌

风度翩翩的司马奕每次上朝都好像朝霞般光彩照人

骠骑将军王武子（王济）是卫玠的舅舅，俊秀清爽，风采夺人。看到卫玠，他总是感叹道："仿佛光彩夺目的珠宝玉器在我身边，让我感到相貌污秽。"

类似的记载很多，如人们形容李元礼"谡谡如劲松下风"；形容王衍"神姿高彻，如瑶林琼树"；魏明帝（曹叡）让皇后的弟弟毛曾和夏侯玄坐在一块儿，当时人们认为是"蒹葭倚玉树"；王戎"双目炯炯有神，就像山崖下的闪电"；潘安仁（潘岳）、夏侯湛都有美丽的仪容，两人喜欢同行，当时人们说他们是"连璧"；有人赞叹王恭的仪表"清新明净，就像春天的绿柳"。

人们赞叹王恭的仪表"清新明净，就像春天的绿柳"

由此可见，魏晋士人对仪表美的崇拜和重视已经达到了无以复加的地步。不仅如此，魏晋时期，甚至还出现了有趣的"追星"现象。其中就有被后人誉为"中国古代四大美男"之一的潘岳。《世说新语》记载，潘岳相貌出众，仪态优雅。年轻时拿着弹弓走在洛阳的大街上，妇女们遇见他，没有不手拉着手围观的。而左太冲（左思）奇丑，也要仿效潘岳那样出游，结果妇人们一起向他吐口水，他只得垂头丧气地回来了。

2. 性情率真

魏晋人不仅重情，还讲究任情适性，也就是率性而言，率性而为，因而他们的性情非常率真。因为率真，魏晋士人通常不看重世俗名利，不计较得失荣辱。如《世说新语》记载，郗太傅派遣门生给王丞相送去书信，打算在王家子弟当中挑一个做女婿。王丞相对信使说："你到东厢房随便挑选吧！"信使（到厢房看完）回去禀报郗太傅说："王家的公子都不错。只是一听说您来招女婿，就都拘谨起来，唯独有一个袒露肚皮躺在床上，像没听到似的。"郗太傅将着胡须说："这个人才是我的贤婿啊！"于是又派人去探访，得知是王羲之，遂将女儿许配给他。在魏晋时期，有"王与马，共天下"之说。可见王氏一族，在当时声势非常显赫，子弟自然也极多。而太傅择婿，年轻的王羲之如若不闻，高卧东床，袒胸露肚，率性而为，

郗太傅选中了自然洒脱的王羲之做女婿

志人小说与《世说新语》

并不急于攀附太傅，可见他并不看重世俗的名利。

因为率真，魏晋士人还常常随心所欲、纵心而为。《世说新语》就记载了这样几个故事：

王徽之居住在山阴。有一天晚上，忽然下起大雪，他睡醒起身，踱步出屋，一边喝酒一边赏雪，情不自禁吟咏起左思的《招隐诗》。触景生情，他想起了住在百里之外的剡县的戴逵，于是当夜乘小船溯江而上，次日天亮才到了戴逵家门，但他并没进门，而是折船返回。同行的人十分纳闷，就问他，

王徽之在雪夜想起了自己的老朋友，便乘船溯江百里去看望朋友

《世说新语》中的名士风貌

刘伶纵酒放任，以天地做房屋，以房屋做衣裤

王徽之坦然地说："我原本乘酒兴而来，现在酒兴尽了，何必一定要见到戴逵呢？"

刘伶常常纵酒放任，有时脱去衣服，赤身裸体地待在屋子里。有人看到后就讥笑他，刘伶说："我把天地当做房屋，把房屋当做衣裤，你们怎么钻进我的裤裆里来了！"

罗友担任荆州从事时，桓宣武（桓温）为王车骑（王洽）举行送别宴会。罗友进来，坐了很长时间，然后告辞出去。桓宣武说："你刚才像是有事要问，怎么就走了？"罗友答道："我听说白羊肉的味道很美，有生以来还没吃过，所以冒昧求见。我也没什么事要问，现在已经吃饱了，不想再待了。"罗友丝毫也没有愧色。

王平子（王澄）要出任荆州刺史，王太尉（王衍）和当时的名流们一起给他送行，把道路都挤满了。当时院里有一棵大树，树上有个喜鹊窝，王平子脱去衣服头巾，径直爬上树去捉小喜鹊，内衣被树枝挂住了，王平子就把它脱了。捉到小喜鹊，王平子从树上下地后，就玩起喜鹊来，神情专注，旁若无人。

魏晋士人还常常以率真与否来做为品

阮籍嗜好烈酒，擅长弹琴

评人物的一个准则。阮籍嗜好烈酒、擅长弹琴，喝酒弹琴往往复长啸，也就是吹口哨。《世说新语·栖逸》记载说：阮步兵（阮籍）的啸声数百步之外都能听到。苏门山里，忽然来了一位真人，樵夫们都在议论这件事。阮籍也去观看，见这个人盘腿坐在岩石旁边，阮籍就爬上山凑过去，双腿伸直坐在他对面。阮籍说起古代的事情，上至黄帝、炎帝的清静无为之道，下到夏、商、周三代圣君的仁政，并拿这些事情向他请教，这个人只是昂着头不予理睬。阮籍又谈起儒家的入世学说以及道家的栖神导气的方法，以此来观察他，这个人还是和刚才一样，凝神不动。阮籍于是

魏晋人士讲究言行举止的旷达、潇洒

对着他长啸。过了很长时间，这个人才说："你再来。"阮籍再一次长啸。后来阮籍没了兴致就下山了，走到半山腰，听到上面传来悠长的声音，像是有几个乐队在演奏，山谷中都发出回音，回头一看，正是刚才那个人在长啸。初始，任凭阮籍怎样说，真人就是不为所动，当吹起口哨后，真人也受到感染吹了口哨。这大概是真人为阮籍的率真所感染了。也正因为阮籍，吹口哨便在士族青年中流行起来。类似的还有王徽之的故事。《世说新语》说：

王子猷（王徽之）一次经过吴郡，见一个士大夫家有非常好的竹林，主人也已经知道了王子猷会来，就洒扫庭除，准备好酒肉，在大厅里坐着等他。王徽之坐着轿子直接来到竹林下，啸咏良久，主人感到很失望，还在等着他会和自己交谈。可王徽之啸咏后就要出门，主人实在不能忍受了，就让家人关上大门，不让他走。王徽之反而因此欣赏主人，于是留了下来，纵情欢乐后才离开。

3. 雅量气度

雅量，就是宏阔的度量。魏晋的名士讲究风度，要求注意言行举止的旷达、潇洒，还要求不轻易在别人面前表露自己的情感，从而让人感觉有一种渊深难测的容量。

魏晋士人有雅量表现之一就是悲喜不形于色。《世说新语》就记载了一个著名的故事：

淝水之战晋军大胜，捷报传至谢安处时，他正与人下棋，听到消息后强忍住心中的狂喜与激动，装出一副无动于衷的冷静样子，事后却发现因为太过激动竟然连木屐鞋底的横木都踩断了。

淝水之战，是一次非常有名的战争。当时，前秦的苻坚率领百万大军，直逼建康，有一种志在必得的气势，而当时东晋的军事力量不过八万军力，朝廷上下，一片恐慌。

淝水古战场遗址

《世说新语》中的名士风貌

结果出乎意料，淝水之战，晋军大胜。这时候，突然接到前线胜利的消息，谁都要欣喜若狂，谢安却能一言不发，继续与客人下棋。客人向他询问战况，他仍旧不动声色地回答说："几个小子把贼给打跑了。"殊不知，他的内心其实是非常激动的，以致连木屐鞋底的横木都踩断了。可是为了保持雅量，他把激动之情深深地按捺在了心底。

魏晋士人有雅量，还表现在他们遇事沉着稳重，处变不惊。因为在受惊吓的情况下，人完全处于一种毫无准备的状态，如果这时人还能保持镇定冷静的姿态，那是非常有雅量的。《世说新语》就记载：

太傅谢安在东山居留期间，时常和孙

兴公等人坐船到海上游玩。有一次起了风，浪涛汹涌，孙兴公、王羲之等人一齐惊恐失色，便提议掉转船头回去。谢安这时精神振奋，兴致正高，又朗吟又吹口哨，不发一言。船夫因为谢安神态安闲，心情舒畅，便仍然摇船向前。一会儿，风势更急，浪更猛了，大家都叫嚷骚动起来，坐不住了。谢安慢条斯理地说："这样看来，恐怕是该回去了吧？"大家立即响应，就回去了。从这件事里人们明白了谢安的气度，认为他完全能够镇抚朝廷内外，安定国家。

魏晋士人有雅量还表现在他们心胸广阔，尊重别人。魏晋士人对别人的个性、

谢无奕对王蓝田出言不逊，王蓝田却面对墙壁，宽容了谢无奕的冲动无礼

情感乃至学术观点都能给予尊重。比如《世说新语》载：

谢无奕（谢奕）性情粗暴蛮横，因事和王蓝田（王述）不和，就自己跑到王蓝田那里数落他，破口大骂。王蓝田神情严肃地面对墙壁，一动不动。骂了半天，谢无奕走了。过了很久，王蓝田才掉过头来，问手下的仆吏："走了吗？"仆吏回答："已经走了。"王蓝田这才回到座位上。当时人们赞赏王蓝田虽然性急却能宽容。

为什么当时人们赞赏王蓝田虽然性急却能宽容呢？原来王蓝田性急是出了名的，

《世说新语》曾记载：

王蓝田（王述）性情急躁。有一次吃鸡蛋，他拿筷子去叉，没叉着，顿时大怒，拿起鸡蛋就扔到地上。鸡蛋着地后滴溜溜地转个不停，王蓝田又下地去用木屐的齿碾鸡蛋，还没碾着。王蓝田气疯了，把鸡蛋从地上拣起放到嘴里，嚼烂了就吐了出来。王右军（王羲之）听说此事大笑道："即使安期（王蓝田父亲王承）有这个脾气，也没什么值得可取的，何况是王蓝田呢！"

如此性急的王蓝田在遭遇谢奕破口大骂的情况下没有与之打斗起来，可谓是心胸开阔。与王蓝田一样心胸宽广的还有两个人：

大怒的王蓝田将鸡蛋嚼烂了又吐了出来

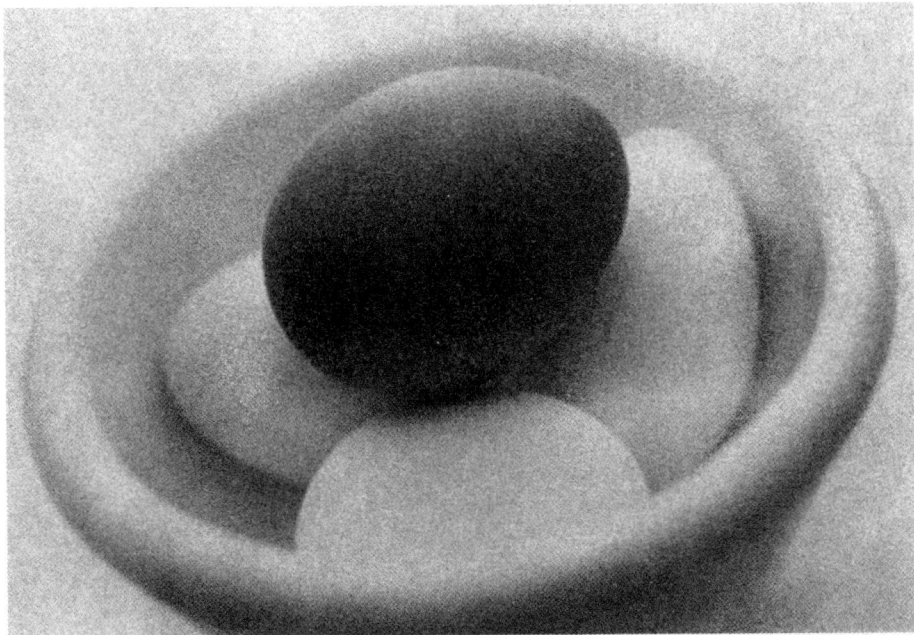

《世说新语》中的名士风貌

王夷甫（王衍）和裴邈。《世说新语》记载：

王夷甫（王衍）和裴景声（裴邈）的志趣不同，景声很不满意王夷甫对自己的任用，但始终没能改变。于是裴景声故意到王夷甫那里破口大骂，要求王夷甫答应自己的要求，想以此也让王夷甫受到指责。王夷甫不动声色，慢腾腾地说："白眼儿终于发火了。"

裴遐到周馥那里，周馥以主人的身份请客。裴遐和人下围棋，周馥的司马过来给他敬酒，裴遐只顾下棋，没有及时喝酒，司马生气了，撕扯裴遐，裴遐从座位上摔到地上。裴遐站起来后又回

裴遐只顾下棋，没有及时喝酒，惹怒了司马

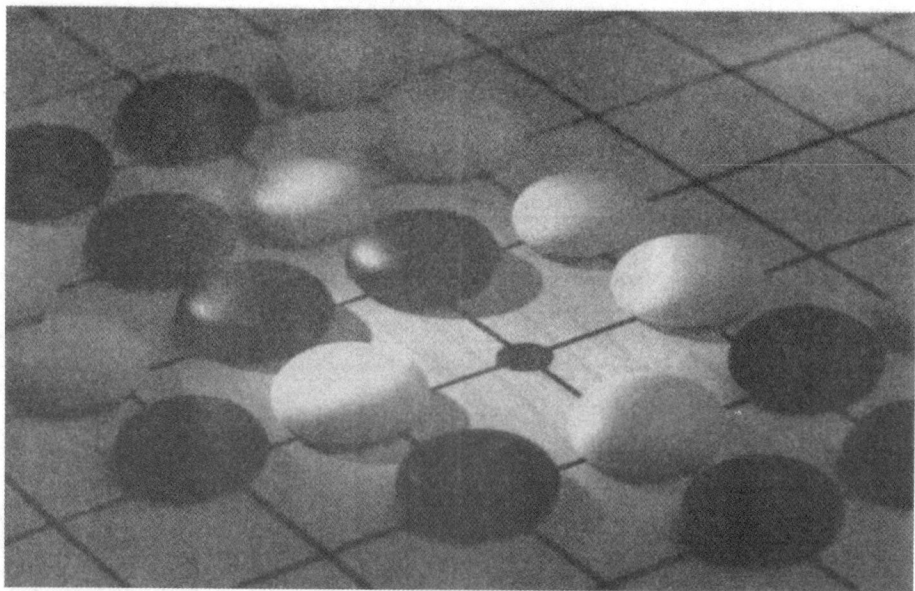

志人小说与《世说新语》

魏晋士人很重视儒家的"君子"品格

到座位上，举止和平时一样，脸色也没变，还像刚才那样，继续接着下棋。过后王夷甫问裴遐："当时你怎么能不生气呢？"裴遐回答："只得默默承受啦。"

4. 君子品格

虽然儒家思想在魏晋时期被削弱了，但是魏晋士人还是很重视儒家的"君子"品格的。《世说新语》开篇就用"德行""言语""文学""政事"四门呼应着"孔门四科"，还设立了"方正""雅量""识鉴""赏誉""品藻"等门，专门记载那些忠诚正直、刚正不阿、心胸开阔、品行高洁、安贫乐道的士人的言语与行为。

比如《世说新语》中记载了忠诚的苏峻和正直的温峤的故事：

苏峻的叛军到了石头城，文武百官四下逃散，只有侍中钟雅还随侍在皇帝身边。有人对他说："见可而进，知难而退，自古以来就是这个道理。你性格坦诚直率，肯定不会被敌寇所容，为什么不随机应变，却在这里坐以待毙呢？"钟雅说："国家有难不能挽救，国君危急不能帮助，却各自逃跑以求避祸，我真怕董狐这样的史官会记载这样的事情。"

正直的钟雅在危难关头仍随侍皇帝，不肯逃命

志人小说与《世说新语》

温峤出任刘琨的使者初到江南来，这时候，江南的政权刚开始建立，纲目法纪还没有制定。温峤初到，对这种种情况很是忧虑。随即拜见丞相王导，诉说晋（愍）帝被囚禁流放、社稷宗庙被焚烧、先帝陵寝被毁坏的惨酷情况，表现出亡国的哀痛。温峤言语间忠诚愤慨、感情激烈，边说边涕泗横流，丞相王导也随着他一起哭泣。温峤叙述完毕实际情况后，便真诚地提出结交的意愿，王丞相也真诚地予以接纳。温峤出来后，高兴地说："江南自有像管夷吾那样的人，我还有什么担忧的呢？"

庾亮驾车的马中有一匹的卢马，有人告

温峤向丞相王导哭诉亡国的哀痛

《世说新语》中的名士风貌

诉他，叫他把马卖掉。庾亮说："卖它，必定有买主，那就还要害那个买主，怎么可以因为对自己不利就转嫁给别人呢！从前孙叔敖打死两头蛇，以保护后面来的人，这件事是古时候人们乐于称道的。我学习他，不也是很旷达的吗！"

的卢马是指额上有白色斑点的马，古人认为这种马会妨碍主人。正是因为如此，才有人劝庾亮把马卖掉。但是正直的庾亮没有这样做，表现出君子的品格。魏晋士人的君子品格还体现在恪守信用上。

华歆、王朗有一次一同乘船避难，有一个人想搭他们的船，华歆马上对这一要求表示为难。王朗说："好在船还宽绰，

王朗面对求助的人恪守信用，慷慨相助

志人小说与《世说新语》

为什么不可以呢？"不一会儿，强盗尾随而至，王朗就想甩掉那个搭船人。华歆说："我当初犹豫，就是担虑这一点。现在已经答允了他，又怎可出尔反尔，抛下他置之不管呢？"

魏晋士人不仅恪守信用还安贫乐道。如：

殷仲堪担任荆州刺史后，正好遇上水灾，日常只吃五碗菜，此外没有其他菜肴。有时饭粒散落到盘席上，就捡起来吃掉。这样做固然是想为人表率，但也是由于他本性淳朴。他还常对子弟们说："不要因为我担任了大州的长官，就认为我丢掉了平素的志向。如今我的抱负没有改变。安于清贫，是读书人的本分，怎能登上高枝就抛弃了根本呢？你们要记住这些话。"

淳朴的殷仲堪升了官职，仍然安贫乐道，生活俭朴

苏峻"百僚奔散，唯侍中钟雅独在帝侧"的忠诚，温峤与何充不畏强权、直陈实事，庾亮宁肯让的卢马妨害自己也绝不卖给别人以遗害于人的正直，华歆的信用，殷仲堪的节俭等优秀品质都是魏晋士人的君子品格的集中体现。

5. 机辩趣闻

我们知道，魏晋时盛行清谈之风。清谈要求言简意赅、词锋锐利、寓意深远。还要求人们在各种场合应对得体，说话既要有文采，又要含蓄隽永。在这种时风下，魏晋时期产生了不少机辩趣闻的故事，他们运用自己的机辩能力，或得体地反驳他人，或化解尴尬，或炫耀自己，或应对紧急情况。《世说新语》记载了不少这样的故事：

（1）用机辩能力来得体地反驳他人的故事如：

顾悦和简文帝同岁，但头发过早白了。简文帝就问了："你为什么头发先白呢？"顾悦说："蒲柳（也就是水杨）那样的姿态，临近秋天就凋落了；松柏那样的体质，

顾悦以松柏自喻，巧妙地反驳了简文帝

志人小说与《世说新语》

经过霜降更加茂盛。"

康僧渊深目高鼻，王丞相（王导）常常因此笑话他，康僧渊说："鼻子，是脸上的山；眼睛，是脸上的潭。山不高就没有灵气，潭不深就不会清澈。"

郝隆七月七日这天到太阳底下仰面躺着。有人问他为什么要这样，他答道："我在晒书呢。"

庾征西(庾翼)要大举征讨胡人，出发后，部队驻扎在襄阳。殷豫章（殷羡）给他写了封信，并送了一只断角的如意嘲弄他。庾翼在答复的信中说："收到你送的东西，虽然是残缺之物，但我还想修整好，使用它。"

眼与鼻好比潭水和山峰，山高才灵，潭深则清

《世说新语》中的名士风貌

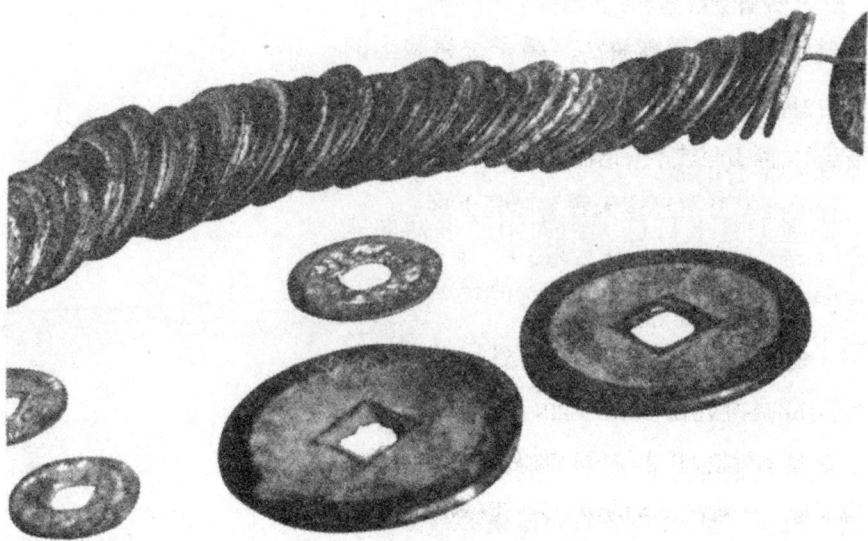
殷中军认为钱财本是粪土，所以要得到钱财时便梦见粪便

有人问殷中军（殷浩）：“为什么要得到地位的时候会梦见棺材，要得到财产的时候会梦见粪便呢？”殷答道：“官职原本就是腐臭的，所以要得到的时候会梦见棺材；财物原本就是粪土，所以要得到的时候就会梦见粪便。”当时人们认为这是至理名言。

（2）用机辩来化解尴尬的如：

张吴兴（张玄之）8岁时，门牙掉了，先贤们知道他不同寻常，故意和他开玩笑说：“你的嘴里怎么开了狗洞？”张应声答道：“正是为了让你们这些人从这里进出。”

钟士季为人精明，有才干，原先并不认识嵇康，他邀请当时的贤俊之士一起去探访嵇康。嵇康正在大树下打铁，向子期为他拉风箱。嵇康举锤敲打不停，旁若无人，半天也不说一句话。钟士季起身要走，嵇康说："听说了什么而来？看到了什么而去？"钟士季答道："听到了所听到的而来，看到了所看到的而去。"

（3）用机辩来炫耀自己的如：

魏武帝（曹操）曾路过曹娥碑，杨修跟从。看到碑的背面题写着"黄绢幼妇外孙齑臼"八个字，魏武帝对杨修说："你明白它的意思吗？"杨修回答："我明白。"魏武

嵇康在树下旁若无人地打铁，无视钟士季的到来

《世说新语》中的名士风貌

魏武帝走出三十里才想出答案，自叹不如杨修

帝说："你先别说，待我想想。"走出去三十多里，武帝才说："我也知道答案了。"他让杨修单独写下答案，杨修写道："黄绢，是有颜色的丝，合在一起是'绝'字；幼妇，是少女，合在一起是'妙'字；外孙，是女儿的孩子，合在一起是'好'字；齑臼，是承受辛辣的器物，合在一起是'辤'（辞的异体字），连在一起就是'绝妙好辞'啊。"魏武帝也写了下来，和杨修的一样，他感叹道："我的才华不如你呀，和你差了三十多里。"

王濛、刘惔总看不起蔡公(蔡谟)。有一次两人去蔡谟那里，谈了很长时

间，问蔡谟说："您觉得你和王夷甫（王衍）相比怎么样？"蔡谟答道："我不如王夷甫。"王、刘相对而笑，说："您哪里不如王夷甫？"蔡谟回答："王夷甫没有你们这样的客人。"

袁羊用明镜照人不觉累的比喻来宽解车武子

（4）用机辩来应对紧急问话的如：

孝武帝（司马曜）要讲《孝经》，谢安兄弟和大家先在自己家学习。车武子因为自己屡次问谢安兄弟，有些不好意思，就对袁羊说："不问呢，怕遗漏了善言；问多了呢就怕麻烦谢家兄弟。"袁羊说："不必有这种担心。"车武子说："怎么知道是这样呢？"袁羊说："你什么时候见过明镜因为不断照人觉得累的，清澈的流水害怕被和风吹拂呢。"

谢太傅（谢安）问家中的晚辈："孩子们和自己有什么相干，为什么却希望你们有出息呢？"众人没有能回答的，车骑（谢玄）回答："就好像芝兰玉树，总希望它们生长在自己家的庭院罢了。"

谢公（谢安）起初要在东山隐居，后来朝廷的任命屡屡下达，情势迫不得已，谢安就担任了桓公（桓温）的司马。当时有人给桓公送来一些草药，其中有"远志"。桓公拿来问谢安："这种草药又名'小草'，为什么一个东西会有两个名称呢？"谢安

谢安本要在东山隐居，后来朝廷的任命屡屡下达，不得不做了桓公的司马

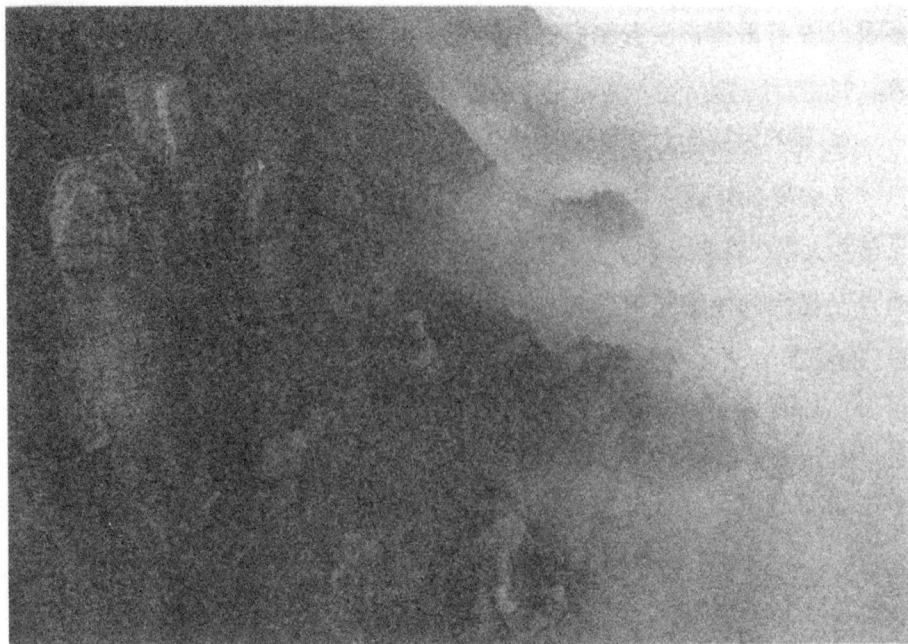

志人小说与《世说新语》

孙安国和殷中军交谈到天黑，竟都忘了吃饭

没有马上回答。当时郝隆也在座，他应声答道："这好理解，埋在地下的根叫'远志'，长在上面的茎叶叫'小草'。"谢安非常羞愧。桓公看着谢安笑道："郝参军的这番解释实在不错，也很有意味。"

（5）虽然魏晋士人讲究在各种场合都要得体，但是往往在机辩中出现剑拔弩张的情况。如：

孙安国（孙盛）到殷中军（殷浩）那里清谈，两人你来我往，十分激烈，主客双方毫无隔阂。家人准备好饭，冷了热，热了冷，都很多次了。两人用力甩动拂尘，毛都脱落到饭菜里面了。宾主双方交谈到天黑都忘了吃饭。殷浩于是对孙盛说："你不要作犟嘴

其在釜下燃，豆在釜中泣；本是同根生，相煎何太急

的马，我一定要穿你的鼻子。"孙盛说："你没见过穿了鼻环的牛吗，我一定要穿透你的脸！"

最为大家熟知的莫过于曹丕让曹植作七步诗的事情了。当时曹丕担心曹植反抗和争夺自己已经夺得的王位，就想找个借口杀了曹植。于是他就命令曹植在七步之内做出一首诗，否则就要问罪。当时的情况对于曹植来说可谓是生死攸关。好在曹植很快就在七步之内作了一首诗。这首诗歌就是：煮豆持作羹，漉豉以为汁；其在釜下燃，豆在釜中泣；本是同根生，相煎何太急！

6. 藐视名教

从东汉末年开始，人们对严重束缚人的自然本性的儒家礼教产生了怀疑，魏晋之后老庄之学日益流行，以稽康、阮籍为代表的一部分士人遂主张"越名教而任自然"，冲破礼法，率性而为。阮籍是这些"越名教而任自然"的士人的首要代表。

一次，阮籍的嫂子回娘家，阮籍和她告别。有人以此嘲笑阮籍，阮籍说："礼教难道是为我们这些人设的吗？"阮籍不仅敢于挑战男女间的礼法，还违背儒家居

阮籍在母亲去世时杀猪喝酒，表现自己
藐视名教的态度

丧期间不得食酒肉的规定，公然挑战儒家
传统观念。《世说新语》记载：

阮籍在给母亲出殡时，蒸了一头小肥
猪，喝了两斗酒，然后去和母亲诀别，他
只说了一句："完了！"大号一声，随即
口吐鲜血，昏厥过去，很久才醒来。母亲
去世，阮籍还有心思杀猪喝酒，仿佛他并
不悲伤。其实并不是，阮籍是为了表现他
不尊名教的态度，才在人前装出一副毫不
在意的样子。实际上他的内心与所有孝子
一样，对于失亲之痛，是肝肠寸断的。在
最后与母亲诀别时只说了一句话、哭了一

魏晋时期的许多名士都不束缚于礼教

声后，就吐血了，长时间无法恢复过来。阮籍还在居丧期间在司马昭的宴席上喝酒吃肉。《世说新语》记载：

晋文王（司马昭）德高望重，他出席宴会时，人们都严肃恭敬，就像在帝王面前一样。只有阮籍箕踞而坐，纵酒放歌，泰然自若。阮籍实际上在表示自己对司马昭昭显礼教而实际上却虚伪无比的行径表示抗议。

另外，名士谢安、王献之等也不太拘束于礼教。《世说新语》记载：

谢太傅（谢安）作桓公（桓温）的司马。桓温去看谢安，正赶上谢安在梳头，见桓温来了，急忙拿来衣裳和头巾。桓温说："何必拘泥这些礼数。"于是就一起聊天，直到黄昏降临。桓温走后，他对左右的人说："可曾见过这样的人吗？"

王子敬（王献之）从会稽出来，经过吴郡，听说顾辟疆家有很好的园林。王子敬先前并不认识主人，也没打招呼，就直接来到他家。正赶上顾家在大会宾客，王子敬游览完毕，对园林指指点点地加以评价，旁若无人。顾辟疆受不了他的指手画脚，勃然大怒说："对主人傲慢，是非礼的行为；因为地位高贵而盛气凌人，是不道义的。失去这两点，就是不足挂齿的粗

顾辟疆将王子敬的随从赶出了大门，王子敬却毫不在乎

志人小说与《世说新语》

人！"于是就把他的随从赶出大门。王子敬独自坐在轿上，左顾右盼，顾辟疆见他的随从很久也不来，就让人把他送到门外，王子敬依旧悠然自得，毫不在乎。

不仅士人间，甚至最高统治者有时候也对严格的礼教有所抗拒。《世说新语》就记载：

简文帝（司马昱）去世时，孝武帝（司马曜）才十几岁。可他天黑了不到灵前哭丧。左右的人对他说："依常规你要按时哭丧。"孝武帝说："伤心之极就哭，哪里有什么惯例。"

7. 恪守孝道

曹魏时期，曹操为招揽人才，"唯才是举"，甚至连"不仁不孝而有治国用兵之术"的人都要任用，尽管如此，"孝"的观念在人们的心中一直都没有改变。魏晋时期士人

魏晋士人很注重孝道

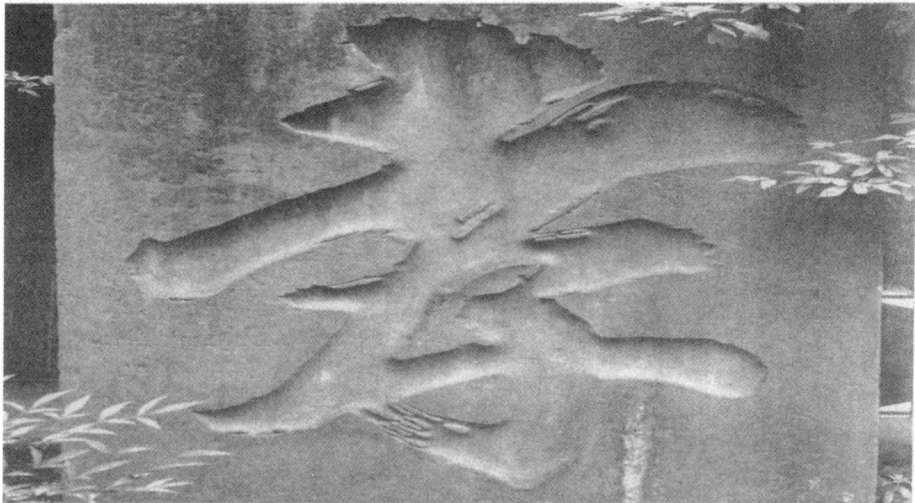

《世说新语》中的名士风貌

依旧把"孝"看得很重。

《世说新语·德行第一》记载，王祥侍奉后母朱夫人非常小心。他家有一棵李树，结的李子特别好，后母一直派他看管。有时风雨忽然来临，王祥就抱着树哭泣。有一次，王祥在床上睡觉时，后母亲自去暗杀他；正好碰上王祥夜起出去小解，只砍着空被子。王祥回来后，知道后母为这事遗憾不止，便跪在后母面前请求处死自己。后母因此受到感动而醒悟过来，从此就当亲生儿子那样疼爱他。

王祥，琅玡临沂人，是历史上有名的孝子。我们熟知的他的故事还有"卧冰求

风雨来临时，王祥就抱着树哭泣

志人小说与《世说新语》

鲤"。据《晋书》记载，他因父亲娶了后母就失爱于父亲，但他仍然尽心尽力服侍父母，"父母有疾，衣不解带，汤药必亲尝"，是魏晋时期孝子之典范。

王戎虽失爱于父亲却仍尽心尽力服侍父母，衣不解带，汤药必亲尝

王戎、和峤同时遭遇大丧。王、和二人都以孝著称，此时王戎瘦得皮包骨头，几乎支撑不住自己的身体；和峤则哀号哭泣，一切都合乎丧葬的礼仪。晋武帝（司马炎）对刘仲雄（刘毅）说："你常去看望王戎、和峤吗？我听说和峤悲伤过度，这让人很担心。"刘仲雄回答道："和峤虽然极尽礼数，但精神元气并没有受损；王戎虽然没拘守礼法，却因为哀伤过度已经形销骨立了。所以

我认为和峤是尽孝道而不毁生，王戎却是以死去尽孝道。陛下您不必去担心和峤，而应该去为王戎担心。"两汉"以孝治天下"，故不孝之人极为社会所鄙薄。《世说新语》就记载了这么一则故事：

　　陈仲弓（陈寔）任太丘县令，当时有个官吏谎称母亲病重请假。后来事情被发觉，逮捕了这个人，陈仲弓下令杀掉他。主薄请求将罪犯交给狱吏，审查他是否还有其他罪行，陈仲弓说："欺君算得上不忠，诅咒母亲生病算得上不孝，不忠不孝，还有比这罪更大的吗？审查别的罪行，还会再超过这些吗？"

8. 吃药喝酒

汉末魏晋时期，人们服药喝酒，笃信佛道

志人小说与《世说新语》

汉末魏晋时期，佛道二教盛行一时，人们都讲超脱现世，谈一些玄而又玄的道理，服药饮酒，笃信佛道，任性率真，成为当时社会精英们追逐的时尚。

服药主要是指魏晋士人常服用一种能致人发热的"寒食散"。寒食散其主要成分为钟乳石、紫石英、白石英、硫黄、赤石脂五种石药，因此也叫"五石散"。五石散是一种剧毒药，服用后伴随毒性发作，产生巨大的内热，服这种药后，必须通过冷食、饮温酒、冷浴、散步、穿薄垢旧衣等活动来将药中的毒性和热力散发掉，即所谓"散发"，如不散发，则须用药发之，因此叫做"寒食散"。发散时候，如果散发得当，体内疾病会随毒热一起发出。如果散发不当，则五毒攻心，致死致残。"散发"这种活动在《世说新语》里有记载：

桓南郡被任命为太子洗马后，乘船停泊在荻渚，王大服散后已有醉意，去看望他。桓南郡为他准备了酒宴，王大不能饮冷酒，不停地催身边侍从"温酒来喝"，桓南郡便流泪哽咽起来。王大于是想离去，桓南郡用手巾拭泪，对王大解释道："触犯了我的家讳，与你又有什么关系呢！"

桓南郡被任命为太子洗马后，乘船停泊在荻渚

《世说新语》中的名士风貌

魏晋时期，服用寒食散成为上层人物身份地位的标志之一

事后王大赞叹他说："桓灵宝确实旷达。"

魏晋人还把服药后走路散发，名曰"行散"。在《世说新语》就有"王孝伯在京，行散至其弟王睹户前""时恭尝行散至京口射堂"这样的语句，说的就是士人在"发散"。因为服用寒食散后，由于药性猛烈，服食了这种药之后不能静止下来休息，必须走路运动来散发药力，否则会毒性攻心，引发生命危险。

实际上，魏晋时期，服用寒食散是一种普遍的风气，甚至成为上层人物身份地位的标志之一。魏晋士人服用寒食散是从何晏开始的，《世说新语》记载何晏说"服五石散非唯治病，并觉神明开朗"。就是说，服此药不但可以祛病，更重要的是可以使精神爽朗、气色红润。这对于对清谈、美貌非常重视的魏晋士人来说，清谈的领袖人物和吏部尚书何晏的这句话无疑起到了广告的作用。此后，服食五石散就成为整个魏晋时期的一种时尚。

魏晋时期，酒也伴随着服药的流行而成为一种文化时尚。《世说新语》里提到"酒"的地方就有103处，可以说它和药一样，是魏晋人必不可少的养生药和生活品。对于酒，魏晋士人有不少精辟的说辞，王孝伯（王恭）说："名士不需要什么奇才，只要能一天到晚闲着没事，尽情喝酒，熟读《离骚》，这样的人就可以称为名士。"王卫军（王荟）说："酒确实可以把人带到美妙的境地。"

服用寒食散是魏晋时期的一种风尚

《世说新语》中的名士风貌

王大（王忱）说：“三天不喝酒，就觉得身体和精神不再亲近了。”王光禄（王蕴）说：“酒，恰恰能让每个人忘却自己。”

在众多的士人当中，刘伶、阮籍等就是当时最有名的饮者。其中，又数刘伶最能喝。《世说新语》记载：

刘伶喝醉了，渴得厉害，就向妻子要酒喝。妻子把酒都倒了，把喝酒的用具也全砸了，哭着劝阻刘伶道：“你喝酒太过分了，这不是养生的办法，应该戒掉！”刘伶说：“很好。不过我自己不能戒了，只有在鬼神面前祷告，自己再发誓戒酒，这样才行。你去准备酒肉吧。”妻子说：“遵

随着服用寒食散的流行，酒也在魏晋时期盛行起来

志人小说与《世说新语》

命。"于是就把酒肉供奉在神像前，让刘伶祷告发誓。刘伶跪下祷告道："天生刘伶，以酒为命，一饮一斛，五斗除病。夫人之言，万不可听！"说罢就拿起酒肉吃喝起来，晃晃悠悠又醉了。

阮籍对酒的嗜好与刘伶也不相上下。《世说新语》记载：

步兵校尉的位置空着，听说步兵校尉的厨房里还有几百斛酒，阮籍就请求作步兵校尉。

王孝伯（王恭）问王大（王忱）："阮籍和司马相如相比怎么样？"王大说："阮籍胸中的郁闷，确实需要酒来浇注。"

阮籍与刘伶是当时有名的饮者

《世说新语》中的名士风貌

据说阮氏家族的人都非常能饮

不仅阮籍能喝，阮氏家族的人在喝酒方面也都非常厉害。《世说新语》说：

阮氏家族的人都能喝酒，仲容（阮咸）到族人那里聚会，从不用通常使的杯子喝酒，而是用大瓮盛酒，大家围坐在一起，相对痛饮。

魏晋士人们喝起酒来也不讲究什么礼节。如：

卫君长（卫永）担任温公（温峤）的长史，温公很喜欢他，经常毫无顾忌地拿着酒肉到卫永那里，二人相对，箕踞而坐，纵情豪饮一天。卫永到温峤那里也是这样。

酒是魏晋时代重要的文化之一

王戎年轻时，去阮籍那里，当时刘公荣（刘昶）也在。阮籍对王戎说："正好有两斗好酒，咱们俩一块儿喝了吧。公荣就别喝了。"于是两个人就你一杯我一杯地喝起来，刘公荣一杯也没有喝上，不过三个人一起言谈玩笑，没有觉得有什么差异。后来有人问起这件事，阮籍答道："比公荣强的人，不能不和他喝一杯；不如公荣的人，也不能不和他喝一杯；只有公荣，可以不和他喝酒。"

张季鹰（张翰）纵情放任，不拘小节，当时人们称他为"江东的阮籍"。有人对他说："你虽然可以恣意享乐一时，难道就不

诸葛令和王丞相讨论姓氏排名时以驴马做喻，风趣幽默

为身后的名声考虑吗？"张季鹰回答："让我身后有什么好名声，还不如此刻的一杯酒！"

9. 幽默风趣

《世说新语》还记载了一些与士人们有关的幽默风趣的故事。如：

诸葛令（诸葛恢）、王丞相（王导）在一起争论家族姓氏排名的先后。王导说："为什么不说葛、王而是说王、葛呢？"诸葛恢说："这就像说驴马，而不说马驴，驴难道胜过马吗？"

晋明帝（司马绍）问周伯仁（周顗）："刘真长（刘惔）是什么样的人？"周答道："他原本就是一头千斤重的犍牛。"王公

（王导）觉得他的话好笑，伯仁（接着）说："不如弯角的老母牛，有盘旋从容的优点。"

王丞相（王导）枕在周伯仁（周）的膝上，指着他的肚子说："你这里有什么东西呢？"周伯仁答道："这里空洞无物，不过可以容下几百个你这样的人。"

稽康和吕安关系很好，每当想念对方，就会不顾路途遥远，驾车看望朋友

稽康和吕安很好，每当想念的时候，就不顾路途的遥远，驾车前往。吕安有一次到稽康家，正赶上稽康不在，稽喜出门来接待他，吕安没有进去，只是在门上写了个"鳯"字就走了。稽喜不明白什么意思，还觉得挺高兴。吕安所以写个"鳯"字，是认为稽喜是"凡鸟"。

顾长康（顾恺之）喜欢画人物像，要给殷荆州画像时，殷说："我长得不好，不麻烦你了。"顾恺之说："你只是一只眼睛不好而已。只要把瞳子画得明亮一点，然后用飞白掠过，这样看起来就像轻云蔽日一样了。"

桓公（桓温）有个主薄，善于品酒。有酒就让他先品尝，好的叫做"青州从事"，差的叫做"平原督邮"。青州有齐郡，平原有鬲县。"从事"的意思是酒劲可以到肚脐，"督邮"的意思是酒劲到了膈上就停了。

晋明帝会看风水，听说郭璞给人看阴宅，明帝就微服前去观看，看罢问主人："为什么

王夷甫被族人用食盒打到却没有动怒，还幽默地自我解嘲

葬在龙角上？这样会招来灭族之灾的！"主人说："郭璞说这是葬在龙耳上，不出三年，就会招来天子。"明帝问："是出天子吗？"主人答道："不是出天子，是会招来天子询问罢了。"

王夷甫（王衍）曾托一个族人办事，过了一段时间还没办。一次两人在宴会上相遇，王夷甫借机对他说："最近我让你办的事，怎么还没办？"族人听罢大怒，随即举起食盒朝他脸上扔去。王夷甫一句话也没说，洗了洗后，就拉着王丞相一起乘车走了。在车里，王夷甫照着镜子对王丞相说："你看我的眼光，竟看到了牛背上。"

四 《世说新语》中的女性形象

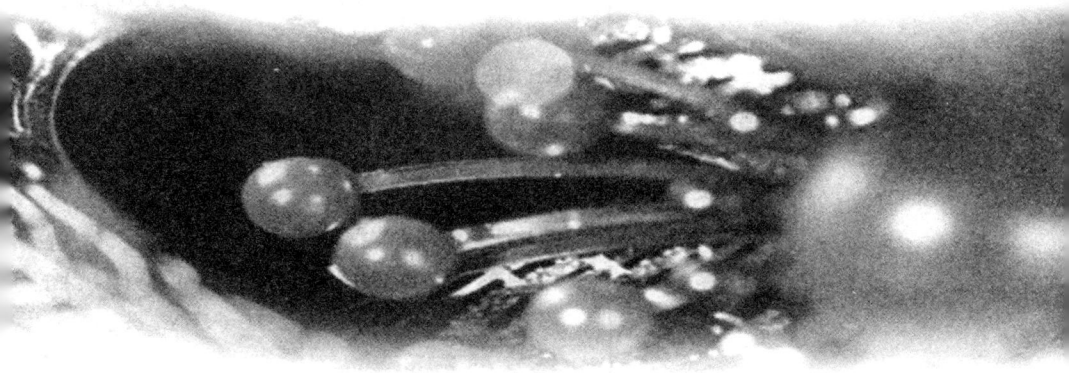

《世说新语》中记载了很多光辉的女性形象

魏晋时期，在士人纷纷崇尚自然、追求人格自由的时代背景下，女性的自我意识也开始觉醒了，女性的束缚相对减轻，社会地位得到了很大的提高。《世说新语》还特立《贤媛》一门，专门记载与女性有关的事情。《世说新语》让我们看到魏晋时期在名士的影响下光彩照人的女性，她们或风韵高致，或才华横溢，或机敏幽默，或大胆开放，具有和男子相抗衡的才智和胆识，并且为男子所赞赏。

（一）风韵高致

魏晋时期不仅士人追求美，女性们也重视美，而且比较注重气质上的美。《世说新语》记载了表现女性美的故事，如：

谢遏（谢玄）十分推崇他姐姐谢道韫，张玄常常赞扬他妹妹，想把妹妹和谢玄的姐姐相媲美。有一个叫济的尼姑，张、谢两家都去过，有人问她二人的优劣，尼姑答道："王夫人（谢道韫）神情洒脱，确实有寄情山水的风韵；顾家媳妇（张玄妹）清纯明净，自然是闺房中的佼佼者。"

　　《世说新语》还记载了一个靠气质美震慑人的故事：

　　桓宣武（桓温）平蜀后，把李势的妹妹收为妾，非常宠爱她，总是让她住在书房后面。桓温的妻子南康长公主开始不知道此事，听说后，带着几十个婢女持刀去杀她。当时

尼姑称赞谢道韫神情洒脱，有寄情山水的风韵

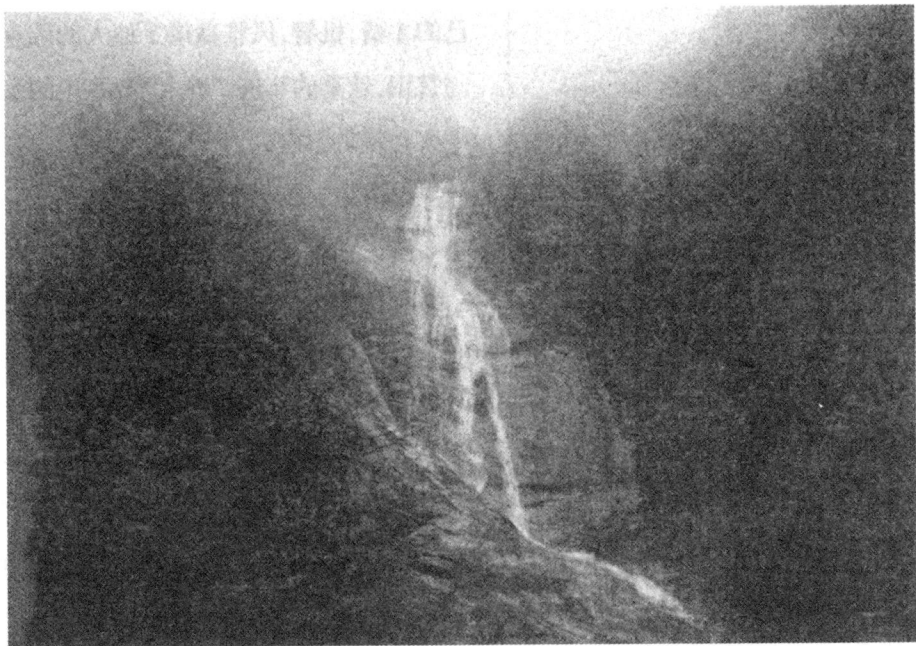

《世说新语》中的女性形象

谢道韫恰如其分地道出了白雪纷飞的样子

李氏正在梳头，长长的头发垂落到地上，肤色如白玉一般光洁。看到公主后，她毫不动容，徐徐说道："国破家亡，我也并不想这样。今天如果你能杀了我，就合了我的心愿了。"公主扔掉刀向前抱着她说："我见到你尚且怜爱你，何况老爷呢！"从此就善待她了。

（二）才华横溢

古代有"女子无才便是德"的说法，可见女性的才华一直得不到重视。魏晋的女性不仅气质美，而且还才华横溢。谈及女性才华，不得不提才女谢道韫。《世说新语》收录了大量的有关谢道韫以自己的才情、机智、风雅赢得了他人的敬重与赏识、钦慕的事迹。"咏絮"故事中的女主人公就是谢道韫。

太傅谢安在一个寒冷的下雪天把家里人聚在一起，和儿女们讲解谈论文章。一会儿，雪下得又大又急，谢安兴致勃勃地问道："白雪纷纷何所似？"侄子胡儿说："撒盐空中差可拟。"侄女谢道韫说："未若柳絮因风起。"谢安大笑，非常高兴。这位侄女就是谢安的大哥谢无奕的女儿，左将军王凝之的妻子。

后来，谢道韫被称为"咏絮之才"，
还嫁给望族王家，其公公便是鼎鼎有名的
大书家王羲之，另一个大书法家王献之是
她的小叔子。谢道韫不仅有才华，而且非
常有口才。《世说新语》曾记载，有一天，
王家来了几位名士，大家在一起说起事情，
争辩起来。渐渐地，王献之挡不住名士的
辞锋，以致张口结舌难以答言了。正在隔
壁偷听的谢道韫便让侍女告诉小叔子，自
己愿为他解围。她在前面立一围帘，出堂
与这些名士辩论，直说得这些名士一个个
哑口无言，甘拜下风。谢道韫不仅才华横溢，

谢道韫出堂与名士辩论，为王献之解围

谢道媪心直口快，回到谢家后向母亲直言对王凝之的不满

为人也非常坦率，口快心直，《世说新语》曾记载：

谢道韫嫁到王家以后，非常看不起王凝之。回到谢家后，心情很不愉快。太傅（谢安）安慰她说："小工是逸少（王羲之）的儿子，人也不错，你怎么这样讨厌他呢？"谢道韫回答说："我们同门叔父中，有阿大（谢尚）、中郎（谢据）；叔伯兄弟中，有封（谢韶）、胡（谢朗）、遏（谢玄）、末（谢渊）。不料天地之间，竟有小王这么个人！"

名士山涛的妻子也非常有才华。《世说新语》曾记载，名士山涛与嵇康、阮籍

交厚，三人常在山家竟夕长谈，山涛的妻子每次都隔着帘子一动不动地听他们谈论，等客人一走，她便与丈夫将客人言谈举止学识风度一一品评一番，说得丈夫心折神服。

郑玄家的奴婢被拽到了泥地里，别人问起原由，她居然能用《诗经》里的话作答

不仅像谢道韫、山涛妻这样的名媛非常有才华，就连下层的婢女们也显得学识不浅。《世说新语》记载：

郑玄家的奴婢都读书。曾经有一个奴婢，不合郑玄的心思，要打她，她还在辩解。郑玄火了，就让人把她拽到了泥地里。一会儿，又有一个奴婢过来，用《诗经》中的一句问道："胡为乎泥中？"意思是"你怎么到了

泥里了"，那个婢女也用《诗经》中的话回答："薄言往愬，逢彼之怒。"意思是"我要申诉，正赶上他发怒"。

（三）机敏风趣

受清谈之风的影响，魏晋时期的女性们也非常机辩风趣。《世说新语》记载了不少这样的故事：

王浑和妻子钟氏一起坐着闲聊，看见武子（王济）从院子经过，王浑高兴地对妻子说："我们生了这样一个儿子，也该知足了。"妻子笑着说："如果我能嫁给你弟弟王沦，那生的儿子可就不止这样了。"

王公渊（王广）娶了诸葛诞的女儿，进了内室，刚开始交谈，王公渊对妻子说："看你的神态卑下，一点不像你的父亲公休（诸葛诞字）。"妻子应道："作为男子汉大丈夫，你不像你的父亲彦云（王广的父亲王淩），却拿一个女人和英杰相比！"

桓车骑（桓冲）不喜欢穿新衣服，洗完澡后，妻子特意给他送来了新衣服。桓冲大怒，让来人拿走。妻子又把新衣服拿回来了，传话说："衣服不经过新的，怎

王浑和妻子闲聊，看到儿子从院子经过，心里十分高兴

志人小说与《世说新语》

新婚之夜，新娘的一席话将许允说得面露愧色

么会旧呢？"桓冲大笑，就穿上了。

许允的妻子是卫尉卿阮共的女儿，阮德如的妹妹，长相极丑。新婚行完交拜礼，许允不可能再进新房去，家里人都十分担忧。正好有位客人来看望许允，新娘便叫婢女去打听是谁，婢女回报说："是桓郎。"桓郎就是桓范。新娘说："不用担心，桓郎一定会劝他进来的。"桓范果然劝许允说："阮家既然嫁个丑女给你，想必是有一定想法的，你应该体察明白。"许允便转身进入新房，见了新娘，即刻就想退出。新娘料定他这一走再也不可能进来了，就拉住他的衣襟让他

《世说新语》中的女性形象

105

留下。许允便问她说："妇女应该有四种美德，你有其中的那几种？"新娘说："新妇所缺少的只是容貌罢了。可是读书人应该有各种好品行，您有几种？"许允说："样样都有。"新娘说："各种好品行里头首要的是德，可是您爱色不爱德，怎么能说样样都有！"许允听了，脸有愧色，从此夫妇俩便互相敬重。

（四）大胆开放

魏晋的思想解放使得魏晋女性开始敢于无视一些礼教，表现得非常大胆开放。比如《世说新语》中就记载一则"韩寿娶女"的故事：

新娘的话打动了许允，许允从此与妻子相敬如宾

韩寿相貌出众，贾充召他做属官。贾

志人小说与《世说新语》

充每次召集聚会时，他女儿就透过窗格朝里观望，见到韩寿，很喜欢，总为他朝思暮想，还把自己的思念之情抒发到诗文里。后来她的婢女到韩寿家，把贾充女儿对他的爱慕之情详细说了，还告诉韩寿贾充的女儿非常漂亮。韩寿听罢心动了，让婢女为他传递消息，并约定时间去女子那里过夜。韩寿身手矫健，晚上翻墙而入，贾充家里没人知道。从此以后，贾充发现女儿总是极力装扮自己，心情也比以往愉快多了。后来和官吏们聚会，他闻到韩寿身上有一种奇异的香味，这种香料是国外的贡品，涂到身上，香味几个月都不会消失。贾充心想，这种香料晋武帝只赐给

韩寿身上的香料味泄露了他与贾充女儿私通的秘密

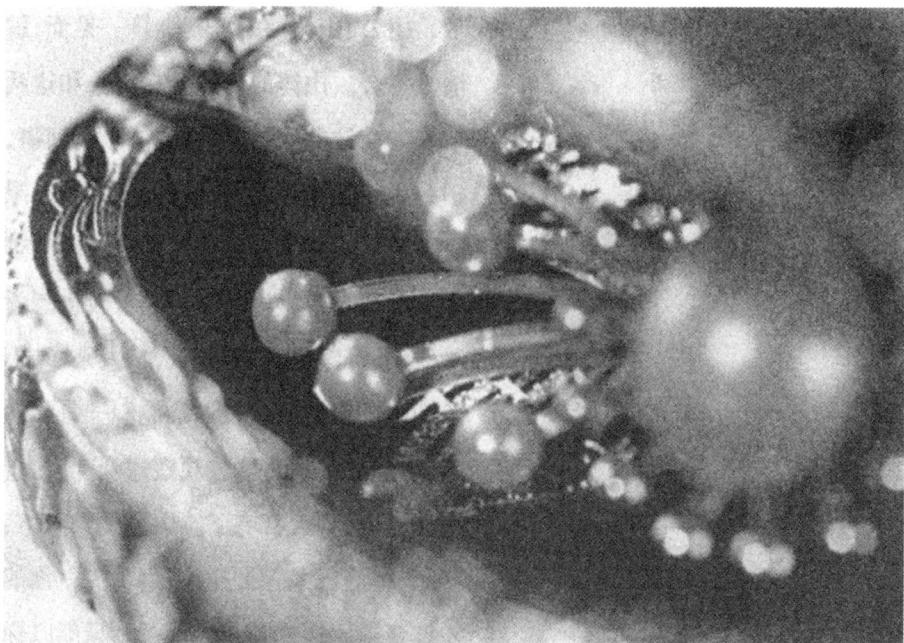

《世说新语》中的女性形象

了自己和陈骞，别人家没有这种香料，于是就怀疑韩寿和女儿私通，不过家中院墙高大，门户看管得也很严密，韩寿怎么会进来呢？于是借口发现盗贼，让人修整围墙。派遣的人回来说："别的地方没什么异常，只有东北角好像有翻越的痕迹，不过墙那么高，人是翻不过去的。"贾充就把女儿身边的婢女叫来询问，婢女把实情告诉了他。贾充把此事隐瞒下来，让女儿嫁给了韩寿。

这就是著名的"韩寿偷香"的故事。在这个故事中，贾女痴情、大胆、主动。贾充身为廷尉，曾为朝廷制定法令，不但对女儿的败德行为无一句责备的话，还承认了大胆违礼的行为，可见魏晋时期的社会风气确实比较开放。

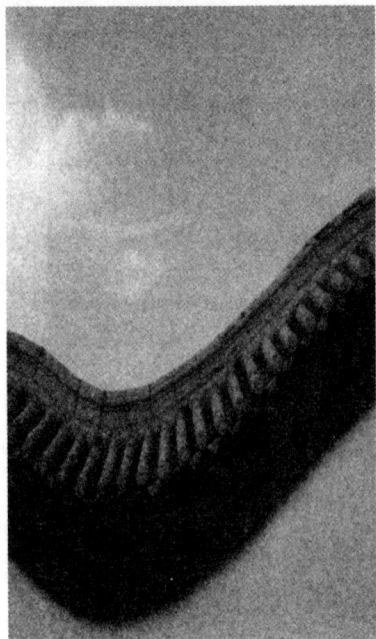

贾充得知韩寿夜里翻墙与女儿幽会的事情后，便把女儿嫁给了韩寿

山公（山涛）和嵇康、阮籍一见面，就情投意合。山涛的妻子觉得丈夫和这两个人的交往非比寻常，就问他怎么回事，山公说："眼下可以作为我的朋友的，只有这俩人了。"妻子说："从前僖负羁的妻子也曾亲自观察过狐偃、赵衰，我也想看看他们，可以吗？"有一天，二人来了，妻子劝山公留他们过夜，给

志人小说与《世说新语》

他们准备了酒肉。晚上，她越过墙去观察这两个人，流连忘返，直到天都亮了。山公过来问道："你觉得这二人怎么样？"妻子说："你的才智情趣比他们差得太远了，只能以你的见识气度和他们交朋友。"山公说："他们也总认为我的气度胜过他们。"

妇女夜间偷看男子的行踪，如此不避嫌疑，这本是严重违反礼法的事，而魏晋人不但不批评，还称赞韩氏的胆识及知人之能。《世说新语》还记载了颇具胆识的庾玉台的儿媳。

庾玉台（庾友）是庾希的弟弟。庾希被杀后，又要杀庾玉台。庾玉台的儿媳，是桓宣武（桓温）弟弟桓豁的女儿，她光着脚跑到桓温家要进去。门卫不让进。女子厉声说道："你是哪里的小人！我伯父家的门，竟敢不让我进！"随即冲了进去，号哭着恳求道："庾玉台的脚只有三寸长，行动都要依靠他人，难道他会造反吗？"桓宣武笑道："我侄女真急了。"就赦免了庾玉台一家。

由此可见，《世说新语》中的女子生活在相当宽松的社会氛围里，在家庭

《世说新语》中的女子独立大胆，率意而行，在家庭中的地位比较高

魏晋时期的女性有思想，有个性，大胆追求自我

中的地位比较高，不是男子的陪衬和附庸，她们有独立的意识、有思想、有个性，嬉笑怒骂，率意而行，与男子并无不同。

《世说新语》还记载不少再嫁和充满妒忌之火的女性，尤其将那些充满妒忌之火的女性描写得很泼辣。因为按照礼教，妻子应当支持丈夫纳妾。许多妇女不能忍受妻妾同处的境遇，为了维护自己的尊严和地位，才不惜施展各种手段发泄对丈夫多偶的仇恨。这才有了这么多妒忌之妇。那是魏晋时期的女性大胆地追求自我，追求个性解放，她们不甘心作为男性的附庸，不能忍受男性对自己的不忠，对几千年来的男权主义进行坚决反击的表现，这是有一定进步意义的。

志人小说与《世说新语》

五 《世说新语》中的儿童世界

徐孺子对月亮的看法显示出了他超群的智慧

《世说新语》还刻画了不少聪明早慧、机智勇敢的儿童形象，为人们展示了魏晋时期的儿童世界。

（一）聪明早慧

徐孺子（徐稚）9岁的时候，曾在月光下玩耍，有人对他说："如果月亮中没有什么东西，是不是会更亮呢？"徐回答："不对。这就像人眼中有瞳仁一样，没有它眼睛一定不会亮的。"

王戎7岁的时候，和小朋友们一道玩耍，看见路边有株李树，结了很多李子，枝条都被压断了。那些小朋友都争先恐后地跑去摘。只有王戎没有动。有人问他为什么不去摘李子，王戎回答说："这树长

《世说新语》刻画了许多聪明灵慧的儿童形象

《世说新语》描绘了魏晋时期的儿童世界

《世说新语》中的儿童世界

王戎看到李子树上结满了果实却无人去摘，因此断定树上结的是苦李子

在大路边上，还有这么多李子，这一定是苦李子。"摘下来一尝，果然是这样。

钟毓、钟会兄弟二人少年时就有美名，13岁的时候，魏文帝（曹丕）听说了兄弟二人的名气，就对他们的父亲钟繇说："让你的两个儿子来见我吧。"于是下令召见。见面时钟毓脸上有汗，文帝问他："你脸上怎么出汗了？"钟毓回答："战战惶惶，汗出如浆。"又问钟会："你脸上怎么不出汗？"钟会回答："战战栗栗，汗不敢出。"

（二）机智勇敢

在宣武场，魏明帝让人和拔掉牙的老虎搏斗，百姓可以随便围观。王戎才7岁，也来观看，其间老虎攀着栏杆吼叫，声音惊天动地，围观的人都惊恐地趴到地上，只有王戎站立不动，毫无惧色。可见，王戎从小便心机过人，长大后成为竹林七贤之一。

王右军（王羲之）还不到十岁时，大将军（王敦）很喜欢他，常常让他在自己的帐里睡觉。一次大将军先从帐里出来，右军还没起来，一会儿钱凤来了，两人屏退左右，完全忘了右军还在帐里，一起密谋叛乱的细节。王右军醒后，听到了他们密谋的事情，知道自己会遭灭顶之灾，就假装呕吐，弄脏了头脸和被褥，装作自己还在熟睡。王敦事情商量到一半，才想到王右军还没起床，两

王戎幼年观虎沉着冷静，显露出了不凡的气度

《世说新语》中的儿童世界

人大惊失色，要杀掉他。等他们打开帐子，发现右军呕吐得乱七八糟，就相信他还在熟睡，于是他的性命才得以保全。当时人们赞扬王右军有智谋。

不仅如此，遇到有人对他们出言不逊，他们会以眼还眼地予以回击。

陈太丘和朋友预先约定好中午时分一起出行，约定的时间过了朋友却没有到，陈太丘便不再等候友人先行离开了。当他离去以后，他的朋友才来到。陈太丘的儿子陈元方当时年仅 7 岁，正在家门外玩游戏。客人问他："你的父亲在不在家？"陈元方回答说："父亲等待您很长时间而

在门外游玩的陈元方有礼有节地回击了不守信用的客人

志人小说与《世说新语》

您却没有来，已经离去了。"客人便发怒说道："不是人啊！和人家约好一起出行，却抛弃人家而离去。"陈元方说："您与我父亲约定在中午时分见面，中午不到，这就是没有信用；对着人家儿子骂他的父亲，这便是没有礼貌。"客人感到很惭愧，便从车里下来，想拉元方的手，元方走回家不去理他。

李元礼很有名望，只有他家的亲戚或很有才华的人才能进入他家的大门

孔文举 10 岁的时候，跟着父亲到洛阳。当时李元礼很有名望，官职司隶校尉。若想登门请教，必须是才华显著的人或者他家的亲戚才能进去。孔文举到了他家门前，对门吏说："我是主人家的亲戚。"门吏通报之后就让他进去了。孔文举从容地到大厅坐在前面的位置。李元礼记不起这个小亲戚，问："你和我有什么亲戚关系呢？"孔文举回答说："从前我的祖先孔子曾经拜您的祖先老子为师，所以我和您是世交了。"小小年纪，这么会说话，让李元礼和在坐的宾客都感到惊奇。太中大夫陈韪后来才到，别人就把孔文举说的话告诉了他，陈韪不以为然道："小的时候了不起，长大了未必是好。"孔文举答："我猜想您小

魏晋时代涌现了不少杰出的名士

的时候一定很了不起吧。"陈韪顿时语塞，不知如何是好。

　　良好的家庭教育，不断接触名士之间的社交活动，还有受父兄们率行任情的影响和时代风气的熏陶，使魏晋时期的少年年纪轻轻就聪明早慧，机智勇敢。这些少年长大后也都为一代名士，成为魏晋时代的著名人物。

志人小说与《世说新语》